色彩から読み解く「源氏物語」

江崎泰子
Ezaki Yasuko

AKISHOBO

『源氏物語』ヒロインたちを表すシンボルカラー

光源氏をめぐる女性たちの衣装の色は、各人の性格や運命を物語るように紫式部によって意図的に描かれている。

光源氏と女性をめぐる色相環

それぞれの女性たちが象徴する色を全体として見てみると、色相環の赤から紫までの全ての色が網羅されていることがわかる。作者は、ヒロインたちの内面を異なる色彩によって際立たせると同時に、誰の中にもあるさまざまな感性をすべて描こうとしたのかもしれない。

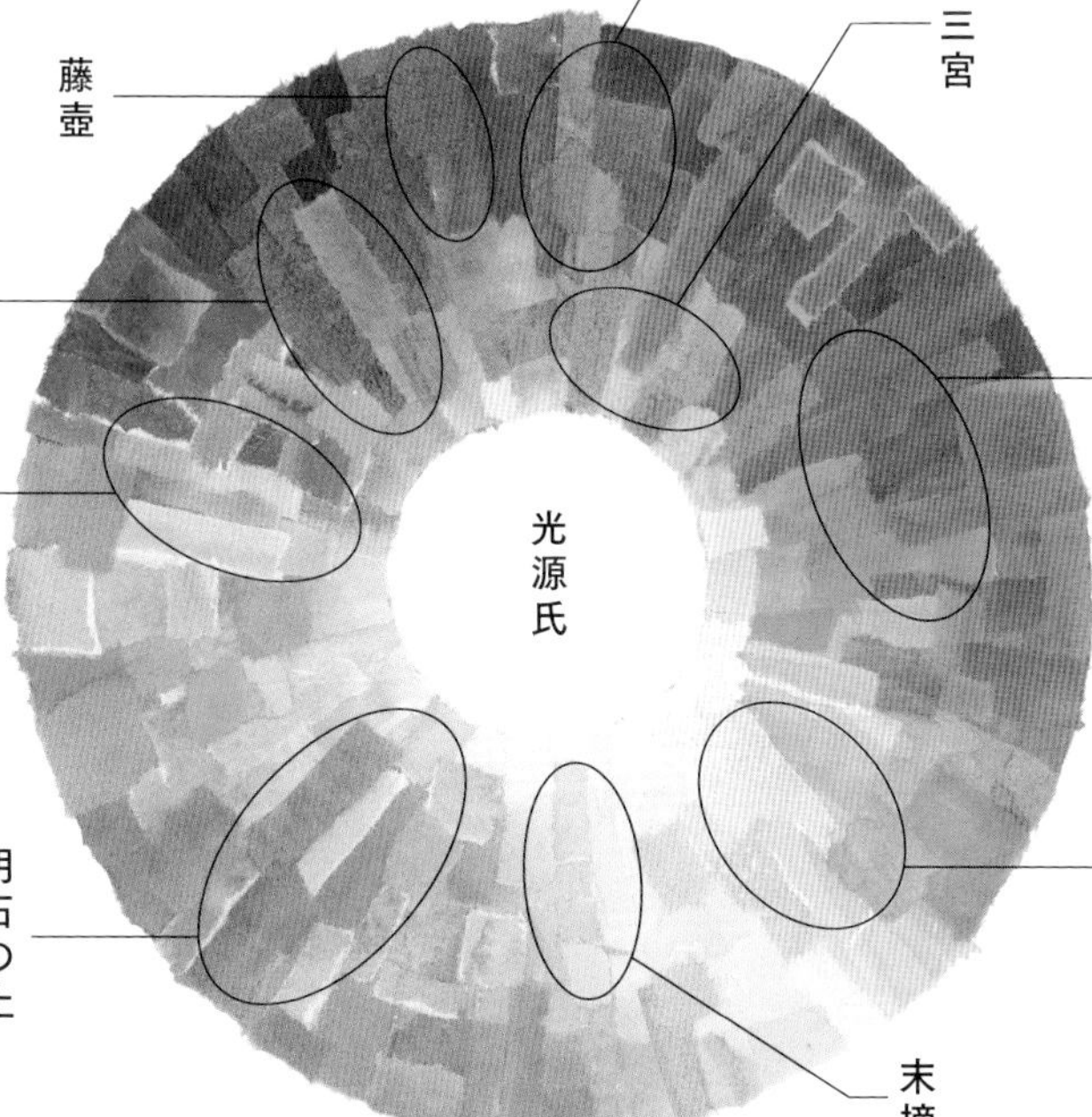

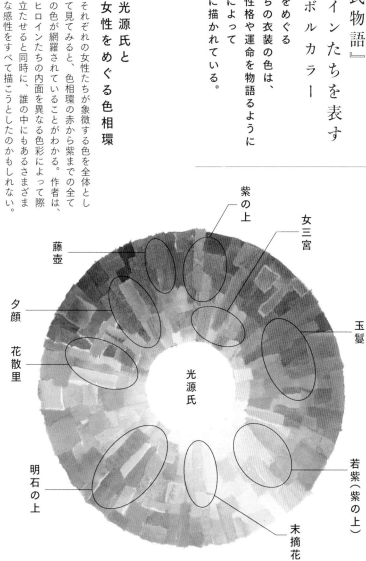

紫の上

葡萄染《えびぞ》め（赤紫）と今様色《いまよう》（紅）は、光源氏にとって最愛の女性であることを象徴する色。紫の上の気品と艶やかな美しさが匂い立つ。

夕顔

満月の下、白に柔らかなラベンダー色の表着を重ねてしっとりと佇むその姿は、まるで夕顔の精のよう。それは、ひと夏のはかない恋の色でもあった。

明石の上

柳の織物と萌黄色をまとった明石の上は、逆境にあっても感情におし流されることなく、平常心が保てる女性。緑は、そんな彼女のしなやかさを象徴する色。

玉鬘

山吹の重ねは、若く健やかな玉鬘に相応しい配色。赤から黄色にかけての鮮やかな色は、内に秘めた強さをも表しているように見える。

花散里

露草で染めたブルー、源氏から贈られた浅縹《あさはなだ》（淡い青）の衣装など、つつましく誠実な花散里を物語る色は青。周囲の人を受容し癒す色でもある。

女三宮

紅の上に白を重ねる桜重ねには、華やかさの中にも初々しく可憐な感じが漂う。少女のような女三宮の身を飾るのに、もっとも相応しい色かもしれない。

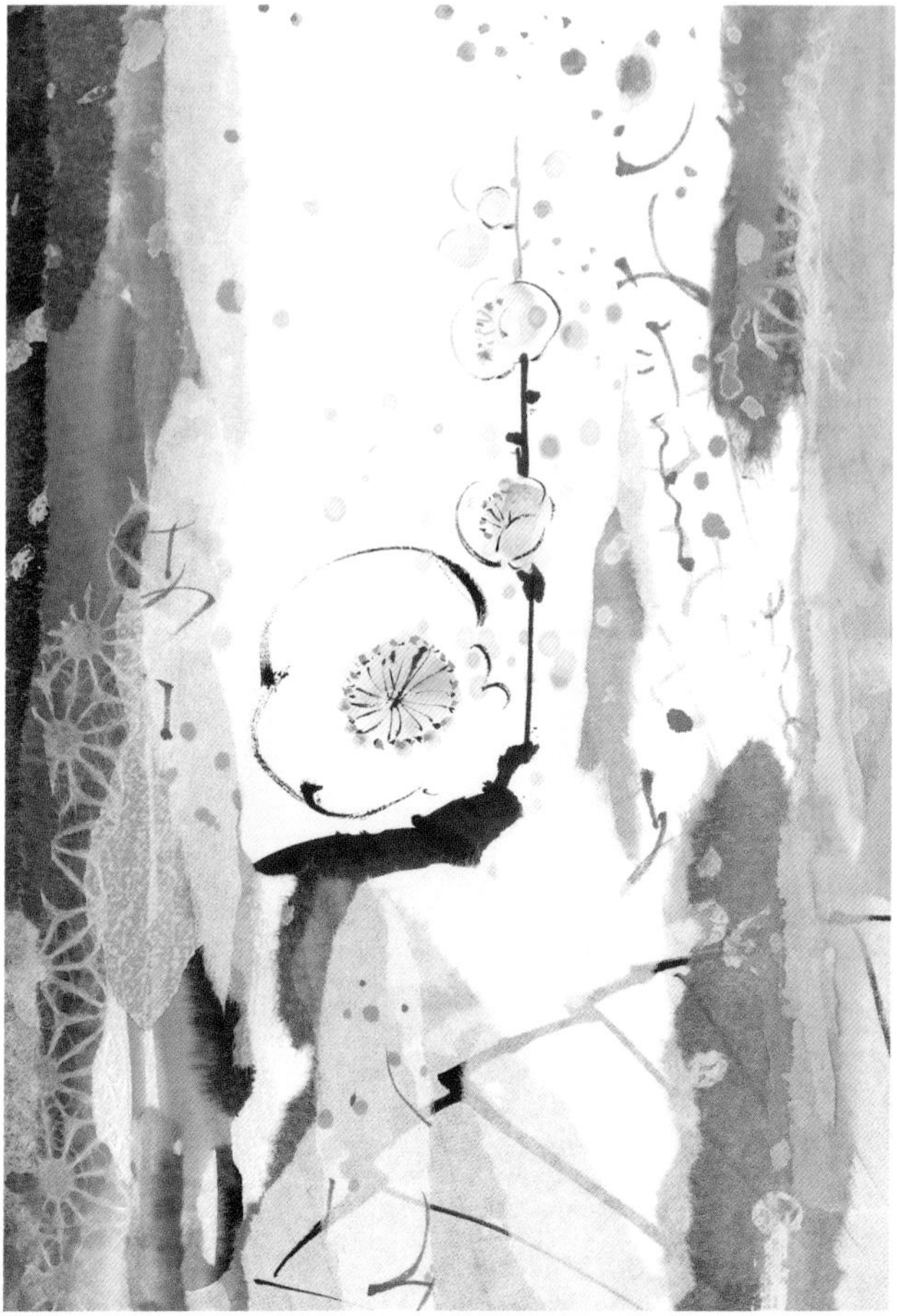

光源氏

若き日の輝くような桜重ね、失意を味わった冬の朝の氷重ね、そして晩年の墨《すみ》衣《ごろも》……光源氏の人生も、移ろう季節のように色彩とともに変遷してゆく。

色彩から読み解く「源氏物語」　目次

一

『源氏物語』は色彩溢れるビジュアル小説

〈二〉衣装の色が物語る、女君たちの愛と人生

五 紫式部からの問いかけは、千年の時を超え

はじめに

『源氏物語』は「世界最古の長編心理小説」として、国や文化を超え読み継がれてきました。

私はあえてそこに「世界最古のビジュアル小説」でもあると付け加えたいと思っています。それほどあの物語には、めくるめく美しいシーンが溢れているのです。

桜吹雪舞い散る宮廷の庭、萌黄《もえぎ》色の紙に菖蒲の花を添えて送られたラブレター、満月の光の下で浮かび上がる女性の姿……。それらは、紫式部によって緻密に演出され、登場人物の心情を物語るような効果を生んでいます。中でも私がとくに着目してきたのが、登場人物の衣装の色です。

『源氏物語』の中で、光源氏をはじめ主だったヒロインたちが登場する場面では必ずといってよいほど、どんな色の衣装を着ているかが描写されています。作者は、なぜこれほど色にこだわって描いているのか？　色彩と心理の関わりを研究してきた私にとって、それがこの物語に新たな角度からアプローチしたいと思った理由でした。

平安時代は日本の歴史の中でも、もっとも豊かな色彩文化が生まれた時代です。「紅梅色」や「萌黄色」など、日本の伝統色と言われるものの約七割はこの時代に作られ、やがて色と色を組み合わせる日本独自のカラーコーディネート法、「重ね色目」が誕生します。たとえば紅色の衣の上に白を何枚か重ねるとほんのり桜色に見えますが、これを「桜重ね」と呼び春に着用するのが慣例とされていました。重ね色目は二百種類近くあったといわれ、平安貴族たちはこの配色法に則って装束の色を選び、自分なりのおしゃれを楽しんでいたのです。

とくに一生をほぼ室内で暮らし、家族以外には顔を見せることがなかった貴族の女性たちにとって、衣装の色は大切な自己表現のひとつ。色は、その人らしさを物語るアイコンだったのです。

ただ私は、紫式部はたんに女君の衣装の描写として重ね色目を描いているのではないと思っています。紅梅の重ねを思わせる紫の上の紅や紫、玉鬘《たまかずら》の山吹重ね（赤と黄色）、女三宮の桜重ね（ピンク）……など、それぞれの人物がまとう彩りは明らかに各人の内面や性格、運命までをも象徴する色、いわばシンボルカラーとして設定されているのです。

本書は『源氏物語』の、とくに色彩に着目することで、紫式部が込めた想いや意図をまるで謎解きのように読み取ろうとするものです。読者の方にも、色を通して行間に息づいている登場人物たちの深層に近づき、新たな『源氏物語』の魅力を発見してもらえれば幸いです。

一章では、平安時代になぜ世界に類を見ない豊かな色彩文化が生まれたのか、時代背景とともに、「重ね色目」の種類や配色について紹介しています。

二章は、『源氏物語』のストーリーを追いつつ主なヒロインたちのシンボルカラーを通して、それぞれの人生や心の内を読み解いています。

続く三章は、平安時代、男女の出会いや恋の成就にとって色彩がいかに重要な役割を果たしていたかを、当時の文化に触れながら解説。

四章では再び物語の後半にフォーカスし、女性たちのその後の人生や光源氏との恋の行方を、衣装の色の変遷とともに追っています。

さらに最後の五章では、『源氏物語』が生まれた背景として、藤原道長や中宮・彰《しょう》子《し》、清少納言との関係に触れつつ、作者・紫式部の生い立ちや人生、この作品を書くことで何を伝えたかったのか、色彩から見えてきたテーマについて記しています。

多くの人にとってややハードルが高くこれまで読む機会がなかった『源氏物語』も、美しい色彩に彩られたビジュアル感満載の小説として楽しんでいただければ、モノトーンだった画面が突然鮮やかなカラー映像になるように、登場人物たちの思いがリアルに立ち上がってくるのではないでしょうか。そこにあるのは千年前という遠い昔の話ではなく、今の私たちと同じように、愛や幸福を希求し、嫉妬や劣等感に苦しみ、哀しみや孤独を味わう人々の心が息づく身近な物語なのです。

＊『源氏物語』では登場人物の立場や位が変わると呼称も変わる場合がありますが、本書では基本的に初出の名称をいれています。

＊原文の現代語訳は、とくに出典の表記がないものについては、筆者が意訳をしています。

一

『源氏物語』は色彩溢れるビジュアル小説

紫式部は女君たちの衣装の色を意図的に描き分けている

『源氏物語』って、ビジュアル小説？

学生時代、国文科に在籍していた私は、そこで初めて『源氏物語』を読みました。というか、読まされました。当時の私は、物語の深いテーマなど分かりようもなく、〝やたらとモテる光源氏の女性遍歴の話〟くらいにしか受け取っていなかったし、当然のように授業にも身が入りませんでした。

ただ、あちこちに色の名前が出てくること、それも「紅梅の御衣《おんぞ》」とか「紫苑《しおん》色の袿《うちき》（単《ひとえ》の上に数枚重ねる女性の衣装）」「紅に藤重ねの袙《あこめ》（幼女と男性が身に着ける衣装）」といった、これまで馴染みのなかった、でも美しい色のイメージだけが強く印象に残っていました。「紫苑色」って、どんな色だろう？　「藤重ね」ってなに？　これが、私の中で『源氏物語』と色とが結びついた最初でした。

それから、何年もの時が流れて……。私はどういう巡り合わせか、色彩関連の仕事をするようになりました。色彩心理とアートセラピーの研究に携わり、それを伝える専門講座「色彩学校」を運営し（共同代表・末永蒼生）、三〇年以上にわたって講師を務めることになったのです。しかしその間も私がもっとも心惹かれ、個人的に親しんできたのが、日本の伝統色でした。

日本の歴史において、どの時代にどんな色が誕生したのかを知りたくなり、伝統色名の由来を調べ、今に残る古《いにしえ》の色を求めて日本の各地へとせっせと出向いて行きました。平安の色の再現で名高い染色家の先生の工房で、千年前はこうであったかという色を目にしたときの感動はひとしおで、以来、自分の手で草木から色を染める体験を重ねる度に、毎回胸が躍ったものです。そうして日本の伝統色というものにのめり込むうちに、再び巡り合ったのが『源氏物語』でした。

改めて目を通すとやはり、「これって、ビジュアル小説？」と感じるくらいに随所に美しい色が溢れています。また登場人物たち、とくに女君たちの衣装の色がそれぞれのパーソナリティを印象づけるように描き分けられていることに気づかされ、さらに重要なシーンではまるで舞台を演出するかのように、色や光が効果的に使われていることに驚かされました。

紫式部は、いったいなぜ色について詳細に描写しているのでしょうか？　また平安時代の貴族たちはどんな色をどんなふうに身に着けていたのでしょうか？

緻密に構成された長編小説であるだけに、作者はきっと何らかの意図をもって作中の色を選んでいるに違いありません。それはストーリーの裏側にある何かを物語っているのではないだろうか……。色彩と人間心理の関わりについて調査、研究を重ねてきたからこそ、今ならもっと深い読みができるかもしれない。そんな大それた思いを胸に、私は「色彩」という道しるべを頼りに、何年にもわたって『源氏物語』という壮大なラビリンスを辿り続けることになったのでした。

十一世紀初頭、今から千年以上前に紫式部と呼ばれる女性によって書かれた『源氏物語』は、約七五年にわたる一族の歴史を綴った世界最古の長編小説であると同時に、平安絵巻のようなビジュアル感満載の物語です。読者にもぜひその華やかさ、奥深さを味わってほしいのですが、そのためにはまず千年前の色彩文化がどうであったのか、それを生み出した王朝貴族とはどんな人たちだったのかというあたりから触れていきたいと思います。

日本の伝統色の約七割は平安時代に作られた

「香色」って、どんな色？

「萌黄色《もえぎ》」「桜色」「藤色」「茜色《あかね》」「柳色」……、名前を聞いただけで、四季の草花や自然の風景が浮かんでくるような美しい色名ですが、こうした「日本の伝統色」と呼ばれる色の約七割は、今から千年前、平安時代に作られています。

奈良時代、仏教とともに大陸から伝わった染めや織りの技術は、日本の豊かな自然と四季折々に自生する植物染料によってさらなる発展を遂げ、王朝貴族たちの生活には美しい彩りが溢れていました。そして豊かな美意識と鋭い観察眼によって、それらの色に美しい色名が与えられたのです。

たとえば、「香色《こういろ》」。今はもう使われることはない色名ですが、胡桃《くるみ》色ともいい、『源氏物語』にも登場する色です。どういう色かというと、丁子《ちょうじ》などの香料を煮出した染液で染めた色で、薄いベージュ色をしています。決して華やかな色ではありませんが、この色の衣を身にまとったり、香色の紙に和歌を綴って送ったりすると、えもいわれぬ芳香が漂ったといわれている王朝文化の雅《みやび》を象徴するような色です。

また、この時代を代表する色といえば「紫」で、かの清少納言も「すべて何も何も、紫なるものはめでたくこそあれ。花も、糸も、紙も」（『枕草子』八四）と綴っているように、当時の貴族たちにとって「紫色のものだったら、何でも素敵！」と称賛するくらい最高の色でした。その特別な色を表す色名は多くみられ、藤の花の色を思わせる「藤色」から始まって、「菖蒲色《しょうぶ》」「菫色《すみれ》」「葡萄色《えび》」「紫苑色」「桔梗色《ききょう》」……と、草花のイメージと結びついたものだけでも多種多様。濃い紫から淡い紫、赤みがかった紫から青みの紫まで、自然の彩りの中にさまざまなバリエーションを見分け、植物のイメージと重ね合わせて色名をつけていたのです。

その繊細さと豊かな感性は、今見ても驚くほど！　現代の私たちに「紫」を表す色名を挙げるようにいわれても、せいぜい数種類くらいしか思い浮かばないのではないでしょうか。コンピューター上で何千万色の色を目にし、作り出すことができても、それぞれの色に豊かなイメージを掻き立てられることは、残念ながらあまりないように思います。

伝統色名はとてもファジーなもの

では、平安時代にはどのくらいの色名があったのでしょうか。

伝統色の研究者である長崎盛輝氏の資料によると、奈良時代から平安時代にかけてさまざまな文献に記されている色名はざっと数えて八〇色あまり（『日本の傳統色彩』）。ただ実際は同じ色相でも「深縹《ふかはなだ》（濃い青のこと）」や「薄鈍《うすにび》（鈍はグレイのこと）」のように、濃さや明るさを表す形容詞がついたりしていますから、そうしたバリエーションを加えるとさらに多くの色名があったと推測できます。

では、実際それらがどういう色だったかというと、正解があるようなないような……といったほうが正直かもしれません。なぜならタイムトリップでもしない限り実際のモノを目にすることはかなわないのですから。

私はそれでひじょうに困った経験があります。一九九四年に『事典 色彩自由自在』という四八〇色のカラーチップ付きの本を制作した際に、私は色名の確定と各色の解説を担当したのですが、できる限り日本の伝統色名をつけようと試みました。よく知られている伝統色名、たとえば萌黄色や紅色などに関しては、ＪＩＳ（日本産業規格）でおおよその明度・彩度・色相が示されているので、それを基準に特定していけるのですが、そこには載っていない色も多くあります。それでひとつひとつの色名をどう決めていったらよいか、考えてしまったわけです。

たとえば、平安時代に「女郎花色《おみなえし》」という色名があります。女郎花の花の色からついたものですが、伝統色に関するいろいろな本を見てみても、鮮やかな黄色もあれば黄緑に近いような色を女郎花色としてある場合がある。同じ資料の色見本でも、初版と再版で刷りが異なっていると色味もけっこう違っていたりします。

ではいったいどうすればよいの？　と悩んでしまったのですが、そこは原点に戻って女郎花の花の色をよく見て決めればいいのだと思うに至りました。ちょうど秋だったこともあり、いくつかの花屋を回って女郎花ばかりを買い集めて観察したりしたのですが、その結果、青みの黄色が近いのではないかと自分なりに当たりをつけることができたのです。

ところが！　よく考えると、平安時代の女郎花と今の女郎花は同じなのだろうか？という疑問に突き当たってしまいました。気候や土などの自然環境も違うだろうから、今、花屋で売っている女郎花と千年前のものとでは色が違うこともありえるかも……。ということで、『万葉集』の時代からの植物や標本を集めている奈良の「萬葉植物園」まで、自分の眼で確かめに行ったのでした。

そんな試行錯誤の末、伝統色の名前を決めていったのですが、どうしてこのような私の体験を書いているかというと、伝統色というのは、ひじょうにファジーなものだということを知ってほしいからです。本書にも、『源氏物語』に登場するいろいろな色名が出てくるので、どういう色か分からなければ、色名に関する資料などを調べるのも良いと思いますが、先ほども書いたように印刷物もインターネットも条件によってかなり差異があるので、あくまでも参考程度に。

それよりも、平安時代の色名はほとんどが草木から名づけられているので、元になった植物をイメージすると色も思い浮かぶでしょう。その方が想像力も広がって楽しいと思いませんか。

美しすぎる、光源氏の「桜重ね」

日本独自のカラーコーディネート法、「重ね色目」

色に関してはこのように洗練された感性を持ち合わせていた王朝の人々は、しかしそれだけにとどまらず、色と色とを組み合わせる独特なカラーコーディネート法を編み出しました。これが、『源氏物語』で登場人物たちの身辺を彩る「重ね色目」という配色法です。

「重ね色目」がどういうものか、印象的なシーンを紹介しながら説明しましょう。物語の主人公である光源氏二十歳の春、藤と桜が咲き誇る右大臣家の花宴《はなのえん》に出向いて行ったときの一場面です。他の人々は改まった正装をしているのですが、光源氏はややくだけた装いで登場。この日身にまとっていたのが、「桜重ね」と記されています。「桜重ね」というのは、白の絹織物の下に紅を重ねて着る組み合わせのこと。薄い白地の衣の下から紅色がほんのり透けて桜色に見えることから、桜の花を思わせ、春を代表するコーディネートとされています（「花宴」の巻）。

天皇の皇子という高貴な生まれに加えて、美貌と才能を併せもつ輝くばかりの若者を印象付けるのに、紫式部はもっとも華やかな重ね色目を与えているわけです。確かに、人より（わざと）遅れて行き、周囲の注目を集める美貌の主人公に、春の盛りのような麗《うるわ》しい桜重ねほど相応しいコーディネートはないでしょう。その様は、「(光君は）格別で、花の色香もこの君の美しさに気圧されて、かえって興ざめに見える」と描写されています。

季節に応じて変化した重ねの配色例

このように、色と色を組み合わせる「重ね色目」は、主に衣装の配色として用いられていて、季節ごとにさまざまな種類がありました。代表的なものを紹介していきましょう。

早春

紅梅重ね——紅と赤紫色の配色

春

若草重ね——緑色の濃淡の配色

菫重ね——紫の濃淡の配色

柳重ね——薄緑と白の配色

藤重ね——薄紫と萌黄色の配色

つつじの重ね——紅色と緑の配色

夏

卯《う》の花《はな》重ね——白と萌黄色の配色

杜若《かきつばた》重ね——紫と緑の配色

蟬《せみ》の羽重ね——茶色と緑の配色

撫子《なでしこ》重ね——ピンクと明るい緑の配色

牡丹《ぼたん》重ね——紅色と白の配色

秋

萩重ね——赤紫と緑の配色
女郎花重ね——緑と青みがかった黄色の配色
菊重ね——緑と黄色の配色
紅葉重ね——黄色とオレンジの配色
落栗《おちぐり》重ね——ベージュと茶の配色

冬

松重ね——緑と紫の配色
木賊《とくさ》重ね——深緑と白の配色
雪の下重ね——白と薄い紅色（ピンク）、または白と萌黄色の配色
胡桃《くるみ》重ね——ベージュと深緑の配色
氷重ね——白と白の配色

千年前に完成していた配色法

それぞれの重ね色目の名前と配色例を見るだけで、もとになった植物や自然の風景が思い浮かぶようではありませんか。

「紅梅重ね」は、まだ雪が残るような寒さの中、かすかにほころび始めた梅花の紅色が連想されますし、「柳重ね」の白と緑は風にそよぐ爽やかな新緑のイメージが浮かんでくるようです。

重ね色目は、そのほとんどが四季折々に咲く花や草木の彩りから命名されていますが、その中で昆虫の名を冠した夏の「蟬の羽重ね」は異色です。茶と緑の配色からは、緑濃い木立の中、あぶら蟬やミンミン蟬の騒がしいほどの鳴き声が聞こえてきそうですが、同時にひと夏の命の儚《はかな》さを感じさせる色なのかもしれません。

一方、冬に用いる「雪の下」という重ねには、どんなイメージをもちますか？これは、雪が積もって野山には彩りひとつないけれど、雪の下の地面にはやがて芽吹いてくる若芽や花の蕾が息づいているということから連想されたといわれています。見えていないものにも心を寄せる、このあたりの平安人の豊かな創造力と言語能力の高さには、思わずため息が出てきそうです。

重ね色目は、現存している文献に見られるだけでも二百種類近くあったといわれています（長崎盛輝『かさねの色目』）。私は長年にわたり色彩の仕事を通して、世界のいろいろな地域で色彩文化についてのフィールドワークを行ってきましたが、この「重ね色目」のような多様な配色例をもっている人々にはお目にかかったことがありません。しかもそれを四季という一定の分類で体系化し名づけていることにも驚かされますし、実際この話を外国人にすると、皆から一様に「amazing!」（すごい、驚き！）という言葉が返ってきます。

こんな世界に類を見ない素晴らしい色彩文化が千年も前に完成していたなんて、私たちはもっと誇ってよいのではないでしょうか。

チャームポイントは、襟元や袖口から覗く配色

平安時代の男女は、同じ形の着物を何枚も重ね着していた

平安時代、重ね色目は実際にどのように用いられていたのでしょうか。

通常は、貴族の男女の装束、つまり日常着から正装に至るまでの衣装の配色として取り入れられていました。皆さんは、何かの機会に「十二単衣《じゅうにひとえ》」を目にしたことがあると思いますが、その際、襟元《えりもと》や袖口《そでぐち》、裾《すそ》などから下の衣の色が何色か重なって見えていたのを覚えているでしょうか。それが「重ね色目」で、このように配色を見せることは当時の着用のルールでもありました。

また、十二単衣というのは何も十二枚着ているということではなく、同じ形の着物を何枚か重ねて着ることをさしていて、当時の貴族は皆こうして重ね着をしていたのです。

その際の衣装はどういう構造だったかというと、下に着るものほど袖丈や着丈が長く、上に羽織る順に次第にサイズダウンする作りになっていました。それを四、五枚重ね着すると必然的に下に着ている色が四色、五色と表着《うわぎ》からはみ出して見えるわけです。その裾や袖口、襟元から覗き出る配色を工夫し装うことで、重ね色目の美しさを競っていました。

この時代は、今のようにいろいろなデザインの服があり各人が自由に選べたわけではないので、身に着ける装束の形や作りは皆同じです。同じであれば、必然的に色や織模様で違いを見せるしかなく、それが重ね色目のバリエーションを生み出した一因だったように思います。

現代にも受け継がれている重ね色目の伝統

この重ね色目ですが、厳密にいうと「重ね」と「襲ね」、二つの表記を使い分ける場合があります。「重ね」は一枚の裂《きれ》の裏と表、あるいは二枚の衣（色）を重ねて用いる場合。「襲ね」は複数枚の装束（色）を重ねて配色する場合です。

本書では、どちらの場合も「重ね」の表記で統一していますが、平安時代はどちらの用い方もありでした。公的な場や儀式などの正装は別としても、普段は何枚着なければいけないという決まりはそれほどなかったようです。

京の都の暑さから想像すると、夏はごく薄着だったのではないでしょうか。『源氏物語』の中でも、「白い単の薄物に二藍《ふたあい》（紫系の色）の着物を重ねて」という夏の描写があります（「空蟬」の巻）。一方、底冷えする冬は何枚も重ねて着ていたに違いありません。『栄花物語』（「若ばえ」の巻）には、二十枚重ねて着ていた女性の話が出てきますから、いくらなんでも重くはなかっただろうかと気になるほどです。

ただ、当時の貴族にとって、衣装を何枚ももっているということは、権力と財力を示すものでもあったので、その女性の過剰な重ね着は、「わたし、こんなに衣装もちなの！」という自己顕示だったのかもしれませんね。


重ね色目の配色美や伝統は、時代が進み十二単衣が小袖（現在の着物）へと形が変わっても、根強く受け継がれていきました。たとえば明治時代の旧家では、婚礼の際に花嫁がおめでたい模様の振袖を色違いで三枚重ねて着るという花嫁衣装の伝統が残っていたようです。

また長きにわたり格式や伝統が重んじられてきた公家や宮家では、平安時代の古式に則ったさまざまな作法が今も継承されているようです。現代でも天皇家の公式行事、たとえば結婚の儀や即位の礼などにおいては、十二単衣の重ね色目の着用が正式とされています。一九九〇年（平成二）六月に結婚された秋篠宮妃紀子さまの衣装は、卯の花重ねや花橘《はなたちばな》重ね、撫子重ねなどと伝えられ、一九九三年（平成五）の同じく六月の雅子さまの婚礼では山吹重ねがベースになっていたようです。いずれも初夏に相応しい華やかな彩りといえるでしょう。

貴族社会における「禁色」というタブー

公の場で守るべき色のルール「位色」とは

平安時代、自分の好きな重ねを何色でも身に着けていいかというと、そうではありませんでした。当時は、貴族としての位や役職、つまり官位によって衣服の色が定められていて、貴族社会ではそれに則った着用が原則だったのです。これは飛鳥時代に聖徳太子が中国の制度に倣って「冠位十二階」という制度を定めたのが始まり。以来何度か改正されて色の順番は多少入れ替わったりしたものの、『源氏物語』の時代にはおおよそ次のようだったと伝えられています。

天皇を頂点とする一位から三位までの高位の貴族は、深紫から浅紫。
四位と五位の貴族は、深紅と浅紅。

六位、七位は、深緑と浅緑。
八位、九位は、深縹（青）と浅縹。

この官位は朝廷から授けられるわけですが、ちなみに当時は「貴族」と呼ばれていたのは五位以上の者で、六位以下は表向き貴族といえども中級、下級で、中級貴族の出である紫式部の家の暮らし向きも決して豊かではなかったよう……。また上級の貴族にはさまざまな特権が与えられており、男子は親の官位によって高い地位や役割が得られ収入も優遇されていたようです。このあたり、親の収入によって子の学歴が左右される今の格差社会とあまり変わりませんね。

話を色のほうに戻すと、こうした位による着用色のルールは、とくに政《まつりごと》や儀式、職務にあるときなどの公の場では、厳密に守られていました。自分の属している官位より上の色は「禁色《きんじき》」と呼ばれ、身に着けてはいけない色だったのです。つまり、下級貴族が紫を着るなど、まずありえなかったというわけ。

今でも時に使われる「雅《みやび》」という言葉がありますが、これは「みや（宮）ぶり」から来ているともいわれています。つまり、天皇のような優雅で格調高い様子、あるいはそうした宮様のふりをすることを表す形容詞で、色でいえば「紫」がその象徴であり、平安貴族の憧れの色だったといえるでしょう。

プライベートな場では、比較的自由におしゃれを楽しんだ

好きな色が着られないなんてとても不自由な気がしますが、ただし、おしゃれに貪欲な平安貴族は、ちゃんと抜け道も作っていました。

日常のプライベートな場や空間では、下に重ねて着る衣装は比較的自由度が高く、自分の好みや季節に応じた装いを楽しんでいたことがうかがえます。また重ね色目自体が、そうした位色のルールから逃れるために用いられていたのではないかという説もあります。

たとえば、華やかな装いに目くじらを立てた目上の者から「紅を着ているじゃないか！」と言われても、「いいえ、これは紅ではございません。上に白を重ねた桜（重ね）でございます」と、何食わぬ顔で言い抜けたり……。色を複数重ねることで別の彩りが生まれ、「禁色」の判断もつきにくくなってしまうというものです。

重ね色目になぜこのような効果があったのかというと、秘密は布とその繊維にあったようです。当時の貴族が身につけていたのは絹でしたが、染めや織りの専門家の話

を聞くと、平安時代の絹は今ではとても再現できないほど糸が細かったのだそう。それを布にすると薄くて柔らかく、向こうが透けて見えるような透明感があったといいます。だから二枚、三枚と重ねたときに、下の色が微妙にうつり込み第三の色が生み出されたのでしょう。重ね色目のデリケートな配色は、今ではもう〝幻〟といっていいような繊維があって初めて生み出された美といえそうです。

鮮やか、艶やか！
驚きの『源氏物語』の色

草木で染めた重ね色目って、けっこう地味な色？

平安時代、身の回りに溢れていた豊かな色彩はどのように染められていたのでしょうか。いうまでもなく化学染料などありません。すべて自然の天然染料が用いられ、そのほとんどは植物から色素を採った、いわゆる草木染めでした。

ここで「草木染め」と聞くと、皆さんはなんとなく茶系や黄土色といったアースカラーのような渋めの色が思い浮かぶのではないでしょうか？　オーガニック系のお店などで扱っている、落ち着いているけど彩度が低い布製品、その中でも比較的はっきりした色といえば茜で染めた朱色や藍染めの紺色くらいでしょうか。

そうした草木染めのイメージを想い浮かべて、「重ね色目といっても、平安貴族ってあんがい地味めな色を着ていたのね」と思われるかもしれません。ところが、全然違うのです！

平安の色はじつは驚くほど鮮やか。現代の化学染料も叶わないほどの発色の良さなのです。


私自身、それを知ったのは、色彩に着目して『源氏物語』を読み始めた後のこと。紅と蘇芳《すおう》色を重ねて「紅梅重ね」というのは分かるけど、蘇芳色というのはワインレッドみたいな色？　平安時代の紅色はどのくらいの鮮やかさで、蘇芳と紅色の二色を重ねるとどんなふうに見えたのだろうか？　印刷された色見本や「日本の伝統色」のカラーチップを見ても、はたして千年前の色がこれと同じだったのか？

……と謎が増えるばかり。

まして「朽葉《くちば》色」なんて、普段馴染みのない色名が出てくると、不確かな想像力で色を想い浮かべるのは心もとないことしきりでした。何しろ、千年前の布地など、正倉院にでも行かない限り残ってはいませんし、厳密に管理されている正倉院ですら、当時の染織品はかなり退色した状態なのですから。

その私の長年の疑問を解くきっかけになったのが、染織家・吉岡幸雄先生との出会いでした。

千年前の色を今に蘇らせた染師

吉岡先生は、京都で江戸時代から続く染織家の五代目当主で、とくに日本の古の色の再現に力を注いでいらっしゃいました。東大寺で行われた天平時代の伎楽の装束を再現されたり、仏教とともに日本にもたらされた染織品の源流を辿るシルクロードでのフィールドワークを精力的に行うなど、グローバルな視点をもった染織史家であり染師でした。その先生がもっとも力を入れられていたのが、平安時代の色の再現です。

初めて京都の工房にお邪魔したときの驚きを、私は今でも忘れることができません。「これが、平安の色や」といって見せてもらった布の、あまりの鮮やかさに仰天したものです。紅も紫も青も、黄色も、化学染料では決して出せない輝きを放っていて、しかも一色一色が匂い立つような美しさを湛えていたのです。

吉岡先生は、こうした色を『延喜式《えんぎしき》』という資料をもとに再現されていました。『延喜式』とは平安中期に編纂された記録文書で、染織についても、それぞれの色を染めるためにはどの植物をどのように煮出して、どんな媒染を使うのがよいなどの方法が事細かに記された貴重な資料です。先生はこれを元に試行錯誤され、平安の色を今に蘇らせているのでした。

失われた色を求めて……

以来、私は先生のもとで日本の色にまつわる歴史や文化について学ばせてもらうと同時に、度々京都の工房を訪ね、吉岡工房の職人さんに指導を受けながらいろいろな色を染めさせてもらいました。シロウトの私が染めてもそれなりに発色の良い布が染まるのですから、専門家の手で染められたものは格段に素晴らしい仕上がりです。でもその度に、先生の口から出てくる言葉がありました。

「本物の平安の色は、きっとこんなもんやないで！　紫根（紫を染める染料）も紅花もぎょうさん、大量に使って染めてたんやろし、何昼夜も手間暇かけて染めてたんやろうから、紫も紅ももっともっと鮮やかだったはずや」

そんな話を聞きながら、私も決して目にすることはかなわない、幻のような平安の美しい色を思い浮かべたりしたものです。

吉岡先生は残念ながら二〇一九年に急逝されました。まだまだ素晴らしい仕事をされるはずだったのに無念だったと思いますが、でもその二年程前、先生の染色作品がイギリスのヴィクトリア＆アルバート博物館に永久保存されました。日本の中でこそコレクションし残すべき作品だと思うのですが、しかし平安の色が世界の宝になったのですから、誇らしいことです。

この先生との出会いによって、私の中で『源氏物語』の中で描かれている色彩が、具体的な実態をもってイメージできるようになりました。

読者の皆さんも本書のページをめくる際には、渋い色合いの草木染めではなく、鮮やかでなおかつ自然の優しい彩りを想い浮かべながら読み進めてみてください。きっと、頭の中で彩り豊かな平安絵巻が展開することでしょう。

季節の移ろいに心を重ねた王朝人の美意識

自然とともにあった和歌の心

四季折々の自然から編み出された豊富な色名と、それらの色の配色を楽しむ重ね色目。このように高度に洗練された色彩文化は、世界のさまざまな歴史や文化を探しても、日本のこの時代だけにしか見られないものです。

このような宮廷文化が成熟していった背景には何があったのでしょうか。

ひとつには、歴史的に見て平安時代は国を挙げての大きな戦いがなかった、比較的平和な社会だったことが挙げられるでしょう。血で血を洗うような戦に明け暮れる不安定な世の中にあっては、高度な文化は育まれません。さらに、遣唐使が廃止され、それまで唐（中国）の国政システムやさまざまな技術、文化を吸収してきたのが、日本独自の国風文化を生み出そうという方向に流れが変わったのがこの時代でした。このような時代背景の中で、平安を享受する貴族たちは文化教養を磨き、高い美意識を育んでいったのだと思います。

色彩に限らず、当時の貴族たちがもっとも大事にしていたのは、季節感と自然の移ろいでした。春夏秋冬の季節の移り変わりの中に美を見出し、それをいかに日々の暮らしに取り入れ、表現するかに心砕いたのです。その代表ともいえるものが、和歌といえるでしょう。

和歌は、当時の貴族にとって必須の教養であり、言葉によって気持ちを伝える大切なコミュニケーション手段でした。消息を伝え合う日常的なやりとりから男女のラブレターまで内容はさまざまですが、ただストレートに用件を記すのではなく、凝った言い回しや故事などを下敷きとした表現、あるいは個性が垣間見えるような言葉選びなど、教養と洗練されたセンスが求められました。そしてその際に盛り込まれるのが自然、つまり季節を表す名詞や形容詞です。

庭草に残る朝露にたとえて命の儚さを詠む、秋の月を見上げては切ない恋心を伝える、あるいは枯野にわが身の侘しさを重ねて歌う……などなど。こうした自然や季節に思いを重ねる日本人の感覚は、短歌ブームの現代にも受け継がれているのではないでしょうか。

重ね色目は、ちょっと先取りがおしゃれ！

この自然とともに暮らしている感覚、その変化の中に自分の心が寄り添っていく感性が、平安の豊かな色彩文化を生み出した背景にあると思います。

そして、和歌と同様、重ね色目にも季節感が求められました。既に紹介したように、自然の巡りにしたがって、着用する重ねが決まっていたのです。いくら華やかな色が好きとはいえ、春に赤や黄色を配した紅葉重ねを身に着けるのはＮＧ。また同じような配色、たとえば紫と緑の組み合わせであれば、春は「藤重ね」とし、夏には「杜若重ね」とするなど、名称も異なっていました。

清少納言が書いた『枕草子』の中にこんな一説が出てきます。「すさまじきもの（中略）三、四月の紅梅の衣」（『枕草子』二三）。これは私なりに解釈すると、次のようなシーンでしょうか……。

ときは春。同僚の女房たちと過ごしていた清少納言ですが、紅梅重ねを身に着けているひとりの女性に目が留まります。「えっ！　まだ紅梅重ねを着ているの？　もう三月も過ぎてそろそろ四月だというのに、何考えてるのかしら。興ざめするったらありゃしない！」。

身の回りのあらゆるものに批評の眼を向けないではいられない、清少納言のぼやきが聞こえてきそうです。

そう、紅梅重ねは紅梅の花が咲くか咲かないか、せいせい二月頃までの着用が原則だというのに、もう紅梅は散ってしまいそろそろ桜が咲こうかという時期まで着用するのは、センスがないことだったのです。このように、平安時代の服装も季節にそった、それもちょっと先取りするくらいがおしゃれだったといえるでしょう。

移ろっていく一瞬一瞬を愛おしむ心

春夏秋冬、それぞれの季節の重ね色目でも、自然の移ろいによってより細やかに細分化されているコーディネートもあります。

たとえば、秋の重ねに「菊重ね」があるのですが、黄色と紅色を重ねる「蕾菊《つぼみぎく》」から始まり、花の色が変わっていく頃の「移菊《うつろいぎく》」（黄色と紫）、散り始めの「残菊《のこりぎく》」（黄色と白）、そして最後は「葉菊《はぎく》」（青と白）と呼び名も色の組み合わせも変わっていきます。

『紫式部日記』の中でも、彼女が仕える藤原道長の館に天皇をお迎えするシーンで、思い思いの装いをしている女房たちの様子が描かれています。秋の盛りのことで、色とりどりの重ねは「紅葉を混ぜ合わせたような」艶やかさで、中でも若い女房たちは「菊重ね」を三重、五重に身に着けていると記されています。このように、当時のドキュメントともいうべき日記からは、宮廷で実際に季節にそった重ね色目が用いられていたことが伝わってきます。

「菊重ね」と同じように、「紅葉重ね」も「初紅葉」(薄い緑と緑)、「青紅葉」(濃い黄色と緑)、「黄紅葉」(黄色の濃淡)というように、いくつかの種類がありました。こうしたことから、自然に対する細やかな眼差しとともに、花や樹木の盛りだけではなく枯れていく様や、散っていく最後の最後まで愛おしみ、趣きのある名を与えていた感性の豊かさに感嘆せずにはいられません。このような言語能力の高さはきっと和歌によって培われてきた表現力と連動しているのでしょう。

そしてこの自然観の背景にあるのが、平安人の内的世界を物語る「もののあわれ」。つまり「常なるものは何もない」という無常観なのだろうと思います。だからこそ、その折々を、一瞬一瞬を愛おしむ……。平安の重ね色目は、今、花屋の店先で開花真っ盛りの花だけにしか美しさを感じられない、現代の私たちの感覚を開かせてくれるものなのかもしれません。

二

衣装の色が物語る、女君たちの愛と人生

「紫のゆかりの物語」のはじまり

紫式部は巧みに色を選んでいた

『源氏物語』には約八十色の色が描かれています。物語が進むにつれ、まさに王朝絵巻ともいえる華やかな場面が展開していきますが、その描写の多くは女君たちの衣装の色にまつわるものです。紫式部は宮中での務めを通じて身分や役職、場に応じた装いを観察しつつ、小説の中ではストーリーテーラーとして、登場人物やシーンごとにかなり意図的に色を選んでいったに違いありません。全編を読み通すととくにその感は強くなり、作者は主要な女性たちそれぞれにシンボルカラーを与えているのではないかと、私なりに推測するようになりました。それらの色は女君たちの容貌を想像させるだけでなく、資質や性格、境遇や運命までをも表しているように思えるのです。

紫式部の巧みな構成力なのか、あるいは直感的に選んだのか……。どちらにしてもかなり研ぎ澄まされた感性の持ち主だったと思います。私自身が携わってきた色彩心理の視点から見ても、この女君にはこの色しかないだろう、このシーンにはこれ以上ぴったりくる色彩演出は考えられないと思うくらいの描写で溢れているのですから。

色彩に着目してこの物語を読むことで、ハードルの高い古典文学ではなく、今の私たちと同じように、喜びや困難を生き、運命を憂い、愛を求める女君たちの心の内を鮮やかに感じとることができるのではないでしょうか。

そんなわけでこの章では、『源氏物語』の流れに沿って、主要な登場人物たちの存在を色彩を通して浮かび上がらせていけたらと思います。

光源氏の生い立ちと喪失体験

『源氏物語』は五四帖からなる長編小説で、約七五年、四代にわたる物語が描かれています。そのうち一帖から四一帖までが一部、二部とされ、光源氏を主人公として話が展開。「宇治十帖」と呼ばれる三部は、源氏の子や孫の世代の物語になっていきます。本書では、このうち一部二部に当たる光源氏の時代を中心に取り上げていきます。

では、まず物語の発端から始めましょう。

前章では、桜重ねの衣装をまとって右大臣家の花宴、つまり春の花を楽しむパーティに現れた二十歳の光源氏の姿に触れました。その輝くような若さと美貌に、〝花の色香も気圧されるほど〟だと圧倒的な存在感を印象づけたシーンです。

物語は、この光君の誕生のいきさつから始まります。

父はときの天皇、桐壺帝《きりつぼてい》。天皇の後宮には、彼の寵愛を受ける数多《あまた》の女性がいて、身分が決まっていました。その中で帝が片時も離さないほど深く愛したのが桐壺更衣《きりつぼのこうい》。正室である「中宮」、その下の「女御《にょうご》」、さらに下位の「更衣《こうい》」と、親の階級によって身分が決まっていました。その中で帝が片時も離さないほど深く愛したのが桐壺更衣という女性で、二人の間に〝玉のような〟男の子、光君が生まれます。しかし帝には既に右大臣家の娘との間に息子がいて、しかも桐壺更衣は高い身分の出ではなかったことから、宮中の女性たちの嫉妬の対象となり、陰湿なイジメにあいます。彼女はそれがもとで心身を病み、亡くなってしまうのです。それは光君が三歳のときのこと。

この三歳という設定に、まず感心させられます。紫式部が現代の発達心理学など知るはずはないのですが、三歳頃といえば、親、とくに母親との愛着形成ができるかできないかの大事な時期。その後の人間関係にも影響を及ぼす場合があるといわれています。「三つ子の魂百まで」ではないですが、幼児期に自分に愛情を注いでくれる人との絆が断ち切られてしまったことで、光源氏は終生、さまざまな女性の上に失われた愛の面影を求めて関わりをもっていきます。この無意識の愛の彷徨が、『源氏物語』

の経糸となって物語が進んでいくのです。その発端を三歳という年齢に設定したところ、紫式部さん、さすがです！

終生抱き続けた藤壺への思慕

父のもとで育てられた男の子は成長し、賢いだけでなく読み書きや音楽など文芸全般にも秀でた才能を発揮するようになります。またその容姿はたとえようもないほどに美しく、世の人からは「光る君」と称されるようになっていくのです。桐壺帝はそんな並外れて優れた息子をゆくゆくは天皇の位を継ぐ東宮にと考えますが、高麗の人相見から「最高の位につくはずの相をしているが、そうすると国が乱れる」といわれ、将来、政権争いに巻き込まれるのも可哀そうだと思い、源氏の姓を与えて臣下に降します。

一方、亡き最愛の女性をいつまでも忘れられない桐壺帝ですが、時が経ち、桐壺更衣にそっくりな藤壺《ふじつぼ》という美しい女性を迎え、愛するようになります。光君も亡き母の面影を彼女に重ねてかよく懐き、藤壺の傍を離れようとしません。

そうして十二歳で迎えた元服。元服すると一人前の男とみなされますから、もう藤壺の女御の傍には近寄れません。また当時の貴族の男子が元服と同時に結婚していたように、源氏も自分と身分のつりあう左大臣家の娘・葵《あおい》の上《うえ》を正妻に迎えます。しかしそれはある種の政略結婚であり、年上でプライドが高い葵の上とは打ち解けず、藤壺への思いが募るばかり。やがてそれは義母へのやむにやまれぬ恋心となり、この後の悲劇へとつながっていくのです。

これが『源氏物語』のプロローグ的部分です。

ですがここまでのストーリーには、あまり色彩表現は出てきません。それはなぜなのか、理由についての推測は五章で述べるとして、衣装などの具体的な描写はないのですが、登場人物の名前が紫に因んでいることにはお気づきでしょう。桐壺の桐の花、藤壺の藤の花、ともに紫で、のちに登場する光源氏がもっとも愛する女性、紫の上の名も紫そのもの。前章で述べたように、光君の出自である天皇家を象徴する色も紫です。

このように主要な人々をつなぎ、物語をつらぬくベースの色として、紫がちりばめられています。『源氏物語』が別称「紫のゆかりの物語」と呼ばれているのも、頷けるのではないでしょうか。

光君に残された空蝉の薄衣はなに色だったか？

人妻へのときめきは、垣間見から始まった

結婚はしたものの四歳年上で、高貴な身分と美貌とをあわせ持つ葵の上はプライドも高く光君とはどうもしっくりいきません。当時は、婚姻関係を結んでも、親元で暮らす妻のもとに男性が訪れる通い婚が一般的でした。光君も最初は通っていたものの、次第に足は遠のいて……、他の女性に目が行くのでした。

十二歳と十六歳の夫婦なんて、今でいうと小学生と中学生のカップル。しかも当人たちの意志ではなく家同士の契約のようなものですから、最初から上手くいくなど稀というもの。年頃の男性が（女性もですが）、恋愛のときめきや性のアバンチュールを求めてさすらうのは当然のことでしょう。

そんな光君の最初の恋の相手は、空蟬《うつせみ》と呼ばれる人妻でした。ある事情で泊まりにいった知り合いの館で、彼の父親と若い妻が逗留していると知って好奇心を刺激された彼は、夜になってその妻・空蟬のもとに忍んでいき半ば強引に関係を結びます。その後も彼女への執着がつのり、再び館を訪ねると、偶然にも外からその姿を垣間見《かいまみ》ることができました。この〝垣間見〟というのは、覗き見ることですが、『源氏物語』の世界では大事なキーワードなので、覚えておいてくださいね。

どういうことかというと、当時の貴族の女性たちは、家族やごく身近なお付きの者以外には顔や姿を見せないというのが原則でした。今でも〝深窓の令嬢〟という言葉が残っていますが、館の奥のほうで暮らし、誰かと話すときには御簾《みす》や几帳《きちょう》の内側で、やむを得ない対面の際には檜扇《ひおうぎ》で顔を隠して、という接し方をしていました。結婚や継続した関係になれば直に顔を合わせるわけですが、それまでは相手がどういう姿形をしているのか知らないのが普通だったのです。

空蟬との最初の交わりも、夜、しかも当時は照明など何もない暗闇の中ですから、真っ暗な中で手探りの状態だったのでしょう。光君は夕闇の中、簾《すだれ》の隙間から碁を打っている空蟬の姿を覗き見て初めて「こういう人だったのか！」と思うのでした。

光君の好みは、落ち着いた女性

どういう人だったかというと、ほっそりと小柄、慎み深そうな感じで、濃き綾の単《ひとえ》重ねを身に着けていたと書かれています。〝濃き〟というのは、濃い紫のことで、この時代、「濃き」「薄き」といったら紫（紅の場合もある）を示すことが多く、「濃い紫」「薄い紫」を表しているので、これも覚えておきましょう。

空蟬は、父親が亡くなって頼る人がいなくなったので、仕方なく年の離れた受領《ずりょう》の後妻になったという身の上の女性。

対座する碁の相手は義理の娘である軒端《のきば》の荻《おぎ》で、彼女の装いも白の単重ねに二藍《ふたあい》（藍と紅花で染めた紫系の色）の上着を着ていて、顔立ちは派手で華やか。夏のしかも家の内のことでどちらもかなり薄着のカジュアルな装いだったわけですが、軒端の荻などは誰も見ていないのをいいことに、胸が露わになるくらい襟元を大きくはだけていたと描写されています。

空蟬を垣間見ると老けた感じで、どちらかというと不器量で地味な印象でしたが、光君にはその慎み深い感じが、無邪気にはしゃぐ若い軒端の荻より心惹かれるものがあったようで、その夜再び寝屋に忍び込み彼女に迫ります。このあたりで既に彼の好み、華やかな美貌の女性よりもしっとりと落ち着いた人に惹かれるという傾向がうかがえますね。

しかし空蟬は光君に心惹かれてはいるものの、人妻であることやあまりにも身分が違うことから、迫りくる彼をかわしそっと寝床を抜け出します。そのときに残された薄絹の衣が、まるで蟬の抜け殻のようだということから、「空蟬」と呼ばれるようになったのです。

とはいえ、目当ての女に逃げられたからといってそのまま退散するような光源氏でもなく、その夜はたまたま隣に寝ていた軒端の荻を抱き寄せ、ことに及びます。しかし空蟬への未練断ちがたく、移り香が残る薄衣を持ち帰り、傍においてそっと彼女を忍び続けるのでした。

何ともままならない若い恋の結末ですが、それにしても、どこかに去って行ってしまった蟬の抜け殻のような薄衣、いったいどんな色だったのでしょうね？　作者は具体的に書いていないのですが、それだけにかえって想像力が掻き立てられるような気がします。

夕顔の花から始まった、ひと夏のはかない恋

出会いは、薄闇に咲く白い花

都から遠く離れ今は誰も住まう者がいない荒れ果てた廃院（別荘）。木立深く、草が生い茂る不気味な館で、光源氏は激しく動揺し悲しみの涙を流しています。暗闇の中、微かな蠟燭《ろうそく》の光に照らし出されているのは、すでに息絶えた愛しい女《ひと》、夕顔の亡骸。泣きくれる光源氏に従者の者が、このことが知られればスキャンダルになるからと二条の住まいに帰らせ、後始末を引き受けます。翌日、最後の別れを告げるため、遺体が安置されている侘しい山寺に源氏が訪れると、冷たくなった夕顔の身体には昨夜着せかけた紅の衣がそのままかけられていました。つい先ほどまで愛を交わし合っていた、その温もりが宿っているかのように。いったいなぜこんなことになったのか？光君の混乱は増すばかりなのでした……。

まるでサスペンスドラマのようなワンシーンですが、夕顔はどのようないきさつで死に至ったのでしょうか。そして、なぜ紅の衣だったのでしょうか？

ことの始まりはこうです。

十七歳の夏、光源氏は乳母の病気見舞いに五条を訪れます。都の中心からは少し外れにあるその界隈には粗末な庶民の家が建ち並んでいます。そのひとつの塀に青々とした蔓性の葉がおい茂り、夕闇の中に浮かび上がるように白い花が咲いているのが見えました。都では目にしたことがなかったので供の者に何の花か聞くと、「夕顔」だと教えられました。ひとつ取ってくるように言ったところ、それを聞いていた家の主が女童《めのわらわ》（お手伝いの少女）に命じて、歌を書いた白い扇に花を載せ彼に差し上げます。

その晩、光は当時つき合っていた年上の愛人、六条御息所《ろくじょうのみやすどころ》に会いに行くことになっており、そのまま立ち去るのですが、香《こう》を焚きしめ流麗な文字で歌が書かれたその扇は深く心に残ります。「きっとやんごとなき女性に違いない」と興味をそそられ、夕顔の花の面影とともに忘れられずにいるのでした。

何か事情がありそうな夕顔の素性は後に分かるのですが、ここではどういう女性か知らないまま光君は夕顔のもとに通い始め、その魅力に心奪われていきます。恥じらいつつもしっとりと寄り添ってくるような従順な様子は、葵の上にも六条御息所にもないもので、彼は次第に夢中になってゆくのです。

儚げな夕顔がまとっていたラベンダーと白

二人の逢瀬を描いた次のシーンは、『源氏物語』の中でもひときわ印象深く、私がもっとも美しいと感じる場面のひとつです。

ときは八月十五日、満月の夜、煌々と輝く月の光が、あばら家の板屋の隙間から漏れ、ほのかに夕顔の姿を照らし出しています。そのとき彼女は「白き袷《あわせ》に、薄色のなよよかなるを重ねて」身にまとっていたと書かれています。透け感のある白にラベンダー色を重ねた配色。

青白い月の光に照らされたその姿を思い浮かべるだけで、どことなく儚げで優しく、それでいて気品を感じさせるようなコーディネートだと思いませんか。この配色だけでもう夕顔の姿や人となりが伝わってくるようです。おっとりとしていじらしく、黙って自分を受け入れてくれる夕顔。そんな彼女の魅力にますます執着心が募る光君の初めての恋でした。

まるでホラー映画のような展開に……

ただ夕顔の住まいは隣近所の物音が聞こえてくるような安普請。光君はもっと静かなところで過ごしたいと、ためらう彼女を車に乗せ夜半になって出かけて行ったのが、冒頭の別邸でした。

しかしそこは、ふくろうの声が聞こえてくるような寂れた場所で、誰も住んでいなかったとみえ荒れ放題。光君は気味が悪いと恐がる夕顔の怯える様子さえ愛おしく思いながら共に過ごします。

二日目の夜、寝入っていた彼がふと目を覚ますと、枕元に女が現れ「この私がお慕い申し上げているのに、ちっとも来てはくださらないのね。本当に恨めしい〜」と言って消えてしまいます。あまりの不気味さに慌てて夕顔の様子を見ると、彼女の枕元にも先ほどの女の幻が見えて……、なんと夕顔は既に息絶えてしまっていたのです。

これはこの館に住む物《もの》の怪《け》の仕業か、あるいは、六条御息所の生霊《いきりょう》か……とは、ひと言も書いていないのですが、寝入る前に光君は最近すっかりご無沙汰の六条御息所のことを思い悩んでいます。会いに行くのを待っているに違いないが、自分に対する執着心があまりに強すぎて負担に感じている、と。彼女に対するその後ろめたさが、彼の無意識となって夢や幻を見させただけかもしれません。あるいは実際に御息所の生霊がとりついたと解釈することもできるでしょう。まあ、そのほうがホラーめいていてドラマチックだからか、一般には嫉妬深くて怖い女、六条御息所の生霊説がかなり定着しています。

なぜ、夕顔の亡骸に紅の衣が着せかけられていたのか

そして、色彩についてのもうひとつの謎、なぜ夕顔の亡骸に紅の衣が着せかけられていたか……。

この時代、男女が愛を交わし共寝するときには、お互いに相手が着ていた衣をかけて一夜を過ごすということが行われていました。なので、この紅の衣は光源氏の着ていたものだということができます。とはいえ、紫式部はなぜわざわざ紅の衣を夕顔の最後を飾る色として描いたのでしょうか。

私はこう思います。紅は、高位の貴族しか身に着けることができない特別な色です。その紅を与えるということは、何かの事情で身を隠し貧しい暮らしを送っている女への、せめてもの餞別のようなものではなかったか、と。そして作者はその紅に、光源氏の彼女に対する冷めやらぬ熱い想いや哀切の情を込めたのではないでしょうか。この紅についての記述を一行加えることで、荒れ果てた館での恐ろしい死だけに終わら

せなかった、紫式部の夕顔に対する慈悲の眼差しを感じます。

こうして光源氏のひと夏のはかない恋は、悲しい結末とともに終わりを告げたのでした。

『源氏物語』の時代、男たちはどんな色を着ていたのか？

平安時代、モテる男の条件とは？

光君の恋はまだまだ続きます。本書では、光君と主要な女性たちとの関係のみにとどめていますが、作中ではその場かぎりの関わりもちりばめられていて、そうしたエピソードがいっそう〝プレイボーイ光源氏の女性遍歴〟という物語の印象を強くしているのでしょう。

〝つい手を出した相手〟は、身の回りの世話をする女房や使用人のような立場か、自分より格下の位の女性がほとんど。彼女たちからすれば拒むのは難しかったのかもしれません。現代でいえば立場を利用したセクハラといえますが、一方で、今をときめく貴公子、光君の魅力にはＮＯ！　と言えず、誰もが抱かれたいと思うほどモテたと見ることもできるでしょう。

ではこの時代、モテる男の条件とはどんなものだったのでしょうか。また、華やかな女君に対し、男たちはどんな色、どんな衣装を着ていたのでしょうか。

「帚木《ははきぎ》」という巻に、俗に「雨夜の品定め」と呼ばれているシーンがあります。長雨が続く梅雨の夜、親友の頭《とう》の中将《ちゅうじょう》や同じ年頃の貴公子たちが光君のもとに集まり、退屈まぎれに女性談義に花を咲かせています。自分がこれまでどんな女性とつきあってきたかとか、成り上がり貴族の女は好ましくないとか、むしろ中級の貴族や落ちぶれた家柄の娘にはいい女がいるとか、自慢気に喋り合い盛り上がっているわけです。

こういう場では皆、くつろいだ普段着を着ているのですが、その夜の光源氏の様子は、

白き御衣どものなよよかなるに、直衣《のうし》（男性の平常着）ばかりをしどけなく着なしたまひて、紐などもうち捨てて添ひ臥したまへる御灯影いとめでたく、女にて見たてまつらまほし

と描写されています。要約すると、「白く柔らかい衣を重ねて紐もとめずしどけなく身に着け、ゆったりした様子でくつろいでいるその姿は、灯りに照らされてとても美しく、女にしてみたいほどだ」というわけです。

この時、光源氏十七歳。彼を賞賛するこれらの言葉でもう分かりますよね。そう、当時のいい男、モテる男の条件とは、「女のように美しい容姿をした男」だったのです。

血で血を洗うような戦などなく、貴族たちがこの世の春を謳歌していたこの時代、男性に勇ましさや武力は必要ありません。物語の中でも、洗練されて細やかな心遣いができる男性が讃えられ、いわゆる〝体育会系〟で外観も言動も男らしく、無精髭を生やしているような男性は、むしろ無粋な人として描かれています。

このあたり、脱毛やお肌の手入れも怠らない現代の男子や、美しく中性的な魅力で人気を博している韓流アイドルと通じるものがあるかもしれませんね。ただし、平安時代は外見だけではダメで、それに見合った教養やセンスなど内面的な品格も欠かせないものでした。

光源氏のカラフルなワードローブ

そんな平安男子がどんな衣装を身に着けていたかというと……、二十歳の光源氏の

〝美しすぎる桜重ね〟の話はすでに紹介しましたが、彼だけでなく若い貴公子が桜重ねを身につけている様子がいくつか描かれています。〝男性のピンク〟はこの時代、当たり前のことだったのです。

他にも、光源氏の衣装が具体的に描写されている場面を少し抜き出してみましょう。

ある女性と関係したことによるトラブルで、都から遠く離れた須磨（今の神戸市）で自粛生活を送っている光君。海が見える廊下に佇む彼が着ているのは、「白い綾の衣に紫苑《しおん》色の衣を重ねた」衣装。紫苑色とは、明るい紫色のことで、重ねであれば薄紫と緑の配色と思われます。

また、同じ須磨のシーンで親友、頭の中将が訪ねて来たときの彼は、「聴色《ゆるしいろ》の黄がちなるに、青鈍《あおにび》の狩衣《かりぎぬ》」を重ねて着ている様子が描かれています。狩衣とは軽装用の男性の上着、聴色とは、身分の高い人に許されている禁色の濃い紫や紅ではなく、濃さによっては誰でも身に着けることができる色をさします。本来なら源氏は禁色を着られる身分ですが、自粛の身であることに加え周囲の人々に合わせて聴色を選んでいるのでしょう。この場合は、黄色みがかった薄い紅、サーモンピンクのような色と見ることができそうです。青鈍は、青みがかった灰色のこと。つまり、サーモンピンクとグレイの組み合わせが想定されます。

また少しあとの話として、光源氏が葵の上との間の息子である夕霧《ゆうぎり》の衣装について助言する場面があります。その日、夕霧は内大臣の藤の宴に招かれていて、二藍の直衣を着て行こうとするのですが、それに対し「二藍でも、紅があまり強くないものにしなさい。そのほうが大人っぽく見えるから」とアドバイスをします。

「二藍」とは、二つの藍（染料）を意味する色名です。当時、染料そのもののことを「藍」といっていたことから、二種類の染料をかけ合わせた色を示しています。その二つとは、藍と紅花のこと。紅色すなわち「くれない」も、呉の国（中国）からきた染料、つまり「くれのあい」からついた呼び名で、藍と紅花で染めた紫色のことを二藍といっていました。それは紫草という植物の根（紫根）で染めた純正の紫とは区別され、位に関わらず身に着けることのできる紫だったのです。

二藍は、藍の染料を多くすれば青みがちの深い紫に、紅を多くすれば赤みがかった紫にというふうに、染料の配分や濃さによってさまざまなバリエーションの紫が生まれます。それもあって、若い息子に「青みがちの紫にしたほうが落ち着いて大人っぽく見えるよ」と助言しているわけです。同じ色でも、微妙な違いにこだわりを見せるデリケートな感性がうかがわれますね。

色についてはジェンダーレスだった王朝貴族

このように男性の装いを描いたいくつかの場面を見てみても、衣装の色は薄紅、白、明るい紫、サーモンピンク、グレイ、青みの紫……と、実にカラフル。

こうした装いは特権階級の光源氏だけでなく、他の貴族たちも同様に華やかだった様子がうかがえます。明石から都に戻って再び権勢を取り戻した光が住吉神社に詣でる場面があるのですが、その一行の様子は「松の緑の中に花や紅葉を散らしたように」カラフルで美しいと書かれています。このときは公式の場ですから、同行した男性たちは皆、自分の位に応じた色を着ていたと思われますが、紫から緋色（赤）、青、緑とそれぞれの濃淡が入り交じる様は息を飲むような華麗さで、今ならきっと「インスタ映え間違いなし」の一幕だったことでしょう。

平安時代はこのように、女性だけでなく男性たちも赤でも紫でもピンクでも、場に応じて身に着けおしゃれを楽しんでいたのです。色に関していえば、位や場に応じた選択はあっても男色、女色の垣根は限りなく低く、ジェンダーレスの時代だったといえるでしょう。

そこにあるのは、美しいもの、洗練されたものが大好きな王朝貴族の高い美意識。だからこそ、〝女のように美しい男〟光源氏に、誰もが魅了されるという展開にリアリティがあるのですね。

とはいえ、色に関してはジェンダーレスであっても、政は男が行い、家父長が経済と実権を握る厳然とした男社会。その中で女性たちの運命が左右され、ままならない人生を生きざるをえないという『源氏物語』の主題は、忘れないようにしたいものです。

小袿姿

小袿は、貴族の女性が袿の上にはおった短い上着。文様に贅を尽くした。

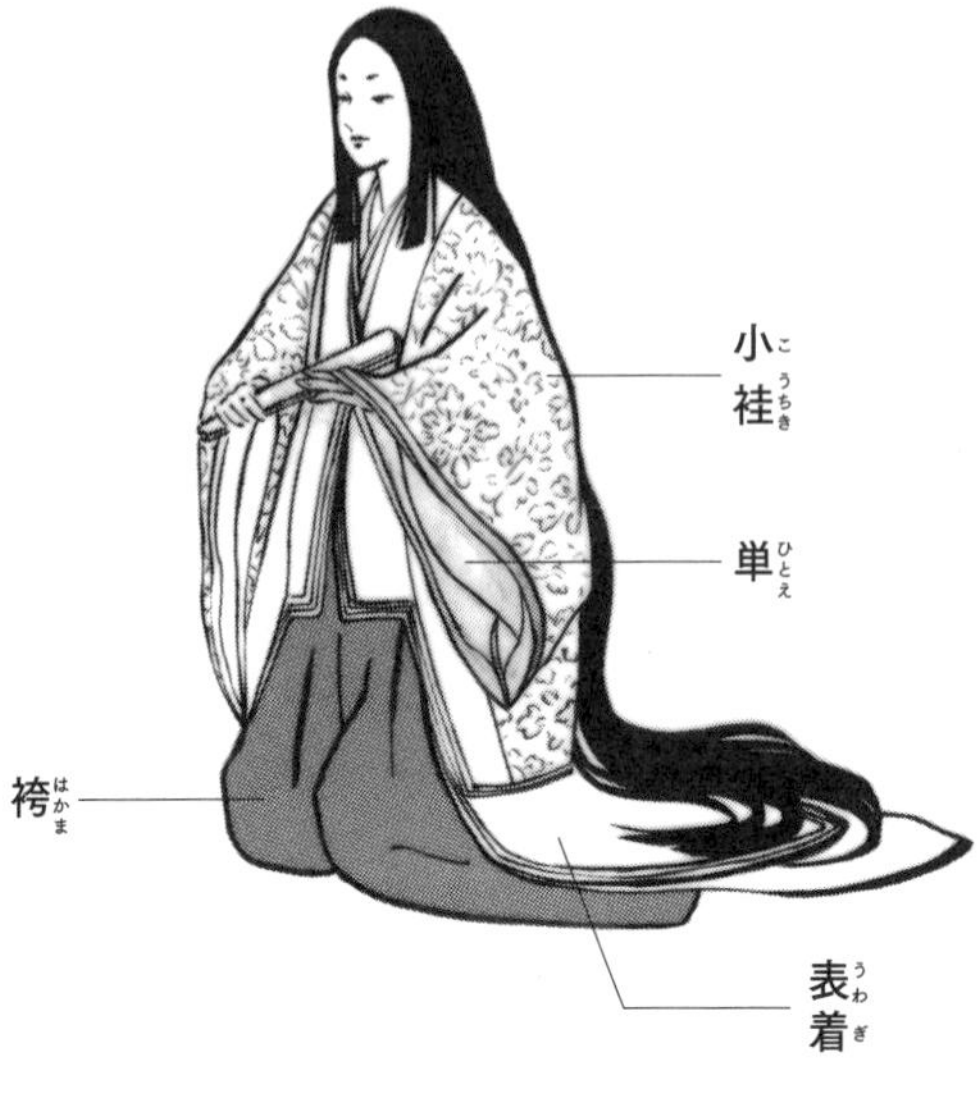

袿と表着姿

袿は、単(いちばん下に着る肌着)と表着の間に着る。何枚か重ねて配色を楽しんだ。表着は、重ねた袿の上に着る文様などを施した袷の着物。

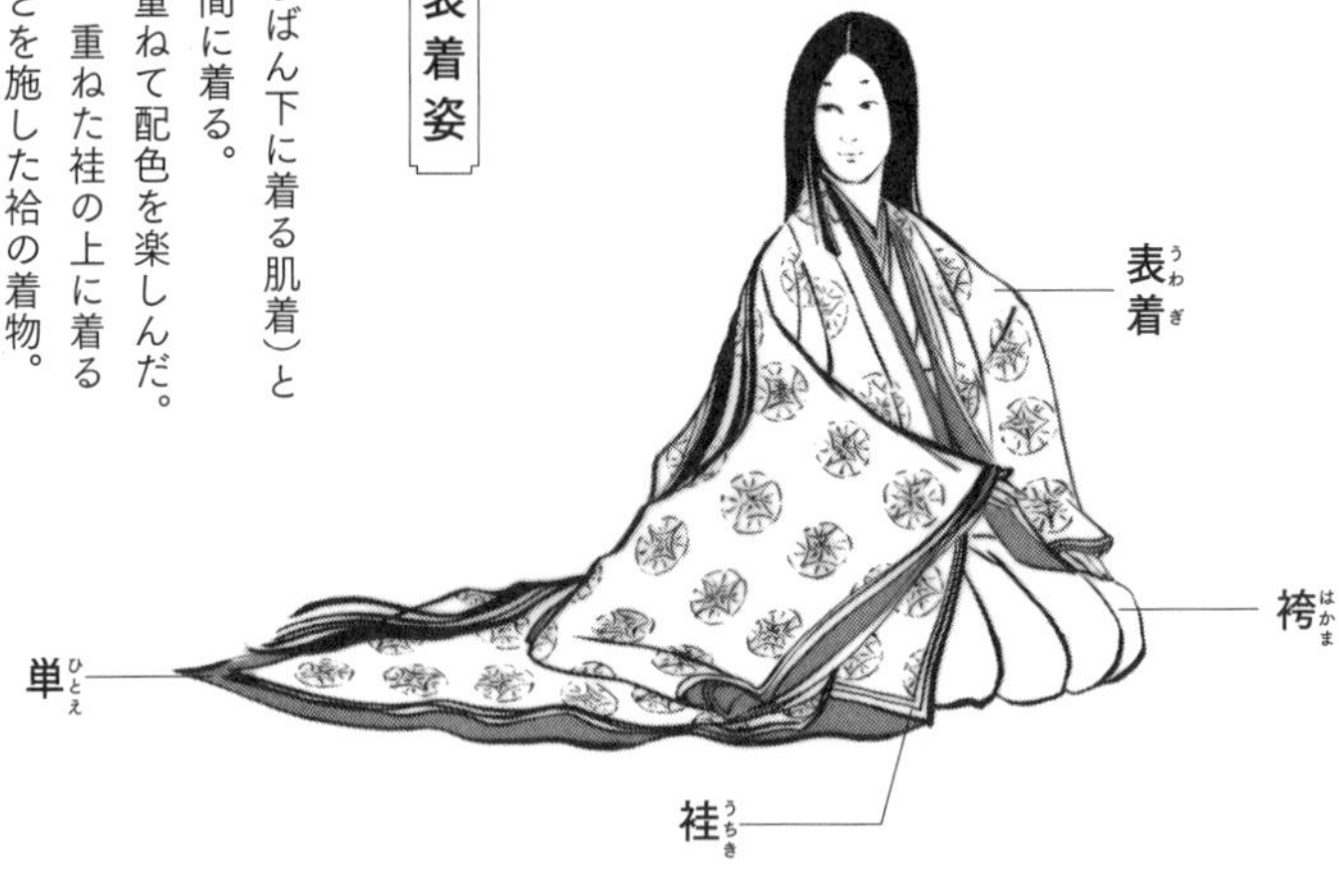

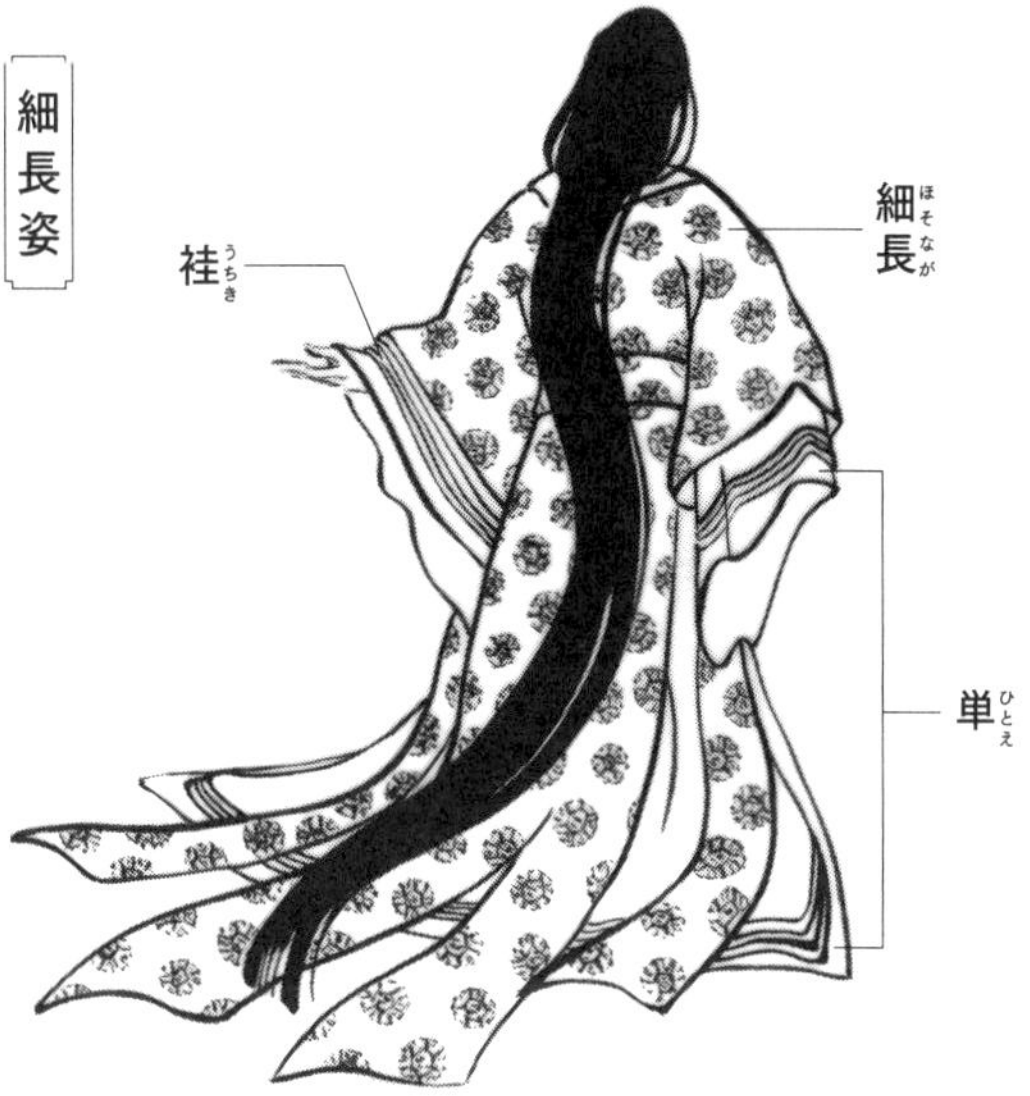

細長姿

細長は、女性が
袿や小袿の上に重ねる。
長い裾がわれ、下に着た衣が
間から見えるおしゃれ着。

直衣姿

直衣は、男性貴族の平常着。
下に指貫という、
裾に紐を通してくくった袴をはく。
衵は、表着と下着の間に着るもの。
女性の場合は、袿と呼ぶ。

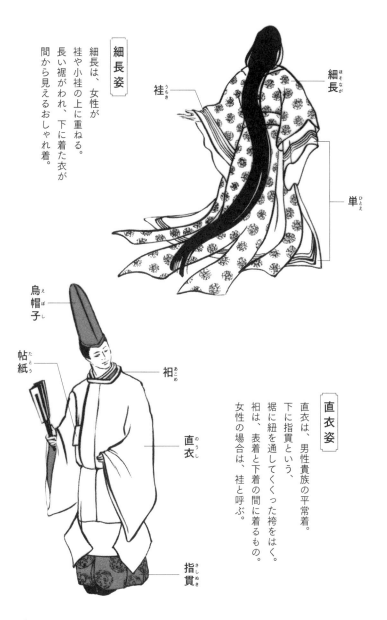

年齢とともに変化する紫の上のシンボルカラー

子どもの頃の彼女がまとっていた色は？

ここでようやく、『源氏物語』のヒロインともいえる紫の上の登場です。名前からして「紫」の印象が強いのですが、ストーリーを追って見ていくと、作者が紫の上に与えた色彩とその変化がいかによく考えられているか、分かるように思います。

最初の出会いは、「若紫」という巻で綴られている彼女がまだ十歳の幼い頃のこと。十八歳の光源氏は病にかかり、加持祈禱による治療を受けるために北山の寺に住む僧のもとに向かいます。その山道にある庵の庭に走り出てきた童女が目に留まり……。その姿に惹かれて柴垣越しに覗き見ると、驚くほど美しい整った顔立ちの女の子が、飼っていた雀が逃げてしまったと泣いているのです。これが通称「若紫」、後の紫の上なのですが、さてこの時、彼女の装いはどんな色だったと思いますか？

原文では「白き衣、山吹などの萎えたる着て」と書かれています。白い下着に着慣れたような山吹色（赤みの黄色）の衣を重ねた、山吹重ねをまとっていたという描写です。

都ではもう桜が散ってしまったけれど、北山ではまだ山桜が咲き誇っている春の終わり、まさに山吹重ねがぴったりの頃で、時節に合ったその選択からも教養ある身分の育ちであることが察せられます。何より、その並外れた容姿に、成長したらさぞかし美しい女性になるだろうと強く惹かれる光源氏でした。

紫の縁でつながる藤壺と若紫

その夜、僧の元に泊まった彼が少女の素性を尋ねたところ、母親が兵部卿宮《ひょうぶきょうのみや》に見初められて生んだ娘で、母が早くに亡くなってしまったため、祖母にあたる尼君によって育てられているということ。その兵部卿宮というのは、なんと源氏が恋慕っている藤壺の兄。つまり少女は藤壺の姪だったのです。どうりでどことなく面差しが似ていると、ますます思いがつのった彼は、尼君が亡くなったと聞くやいなや、兵部卿宮に引き取られる前になかば強引に少女を自分の館に連れ帰ってしまいます。

今でいえば幼女誘拐、大変な犯罪行為ですし、物語の中でも周囲の者は皆、彼の行動に困惑気味。少女も最初は泣いてばかりいるのですが、光源氏が傍に寄り添い、絵や手習い（書）を教えたり、一緒に雛遊びをしたりするうちに、次第に懐いてくるのでした。このとき、源氏が紫の紙に書いたのが、次の和歌。

ねは見ねどあはれとぞ思ふ武蔵野の
　露わけわぶる草のゆかりを

武蔵野は、紫を染める紫草（紫根）が多く自生しているところで、目には見えないけれどその根は地中深く互いに絡まりつながっていることから、藤壺と若紫の縁に思いをはせ、藤壺への禁断の恋に身を焦がしているという内容です。

このように、「紫のゆかりの物語」の意味は、たんにヒロインたちの名前が紫に因んでいるというだけではなく、物語全体が見えない縁や深層の感情によって紡がれ、展開していくという深い意味を暗示しているのです。

その紫草の根がさらに絡まる出来事が、この時期に起こります。

体調を崩し里帰りしていた藤壺の元に光源氏が押しかけ、なかば強引に関係をもってしまうのです。その結果、藤壺は妊娠。父の帝が寵愛する女性への禁断の恋と密通、その結果の不義の子の懐妊という恐ろしい事実に、二人とも衝撃を受け罪悪感に打ちのめされます。

やがて藤壺は男の御子を出産し、中宮に。源氏との間の子は桐壺帝の皇子として育ち、東宮となって後々冷泉帝《れいぜいてい》として天皇に即位することになります。しかしこの忌まわしい事実は決して誰にも知られてはならないトップシークレット。その出生の秘密と苦悩を抱えて、二人はそれぞれに後の人生を生きることになるのです。

最愛の女性に与えられた紅と紫

話を若紫に戻すと、次に彼女の衣装が描かれているのは、同じ十歳、祖母の喪が明けて鈍色（グレイ）の喪服を脱いだあと。「紅、紫、山吹色などの小袿《こうちき》」を着て、たいそう可愛らしいと書かれています。何の重ねとは記されていないのですが、子ども時代を象徴する山吹色と、後に身を飾る紅や紫など、彼女を表す色がここですべて描写されているシーンです。

そして春、若紫は桜重ねをまとって登場。初々しい美しさを漂わせる紅と白を重ねた少女は、光源氏と二人、仲睦まじく絵を描いたりして過ごしています。

こうして彼の手元で養育され、上級貴族の女性として身に着けるべき教養や礼儀作法を教え込まれた紫の上は、まさに光源氏好みの女性として成長していくのです。彼のこの願望は既に「夕顔」の巻で次のように語られています。

「はかなく頼りない様子の女こそかわいいと感じる。賢くて言うなりにならない女はあまり好きになれない。女は慎み深く従順なところに愛おしさを覚えるもので、自分の思い通りに教え育て妻とすることができたら、情も深まるにちがいない」

なんとまあ、随分勝手なことを！　と思いますが、これが彼の本音なのでしょう。その対象となったのが、若紫という存在なのでした。

その後二十年近くの時が流れて、栄華を極めた光源氏は六条院という広大な豪邸を建て、春夏秋冬をテーマにした区画を設けて、これまで関わりのあった女性たちをそれぞれに住まわせ理想の暮らしを実現します。二七歳となった紫の上は成熟した女性として源氏に愛され、本妻のように（葵の上が亡くなって以降、この時点では、源氏は誰とも正式な結婚はしていないので実際は本妻ではない）春の館で共に暮らしています。

年の暮れ、当時の慣例として財力や地位のある男性は女君たちに新春の晴れ着を贈るという習わしがありました。そこで、彼が紫の上に贈ったのは、「葡萄《えび》染めの小袿と今様色《いまよう》」（「玉鬘」の巻）。葡萄染めというのは赤みがかった紫、今の色名でいうとワインレッドに近く、今様色は〝今流行りの色〟という意味で、具体的には鮮やかな紅を示しています。

つまりここで光源氏はもっとも高貴な紫と紅を彼女に与えることで、最愛の女性であることを示しているわけです。他の女性たちには何色を贈ったか？　興味がわくところだとは思いますが、それはまた順を追ってお話ししましょう。

さらに約十年の後、女性たちが楽器を持ち寄って源氏の前で演奏する「女楽《おんながく》」の場面で、三九歳の彼女が着ているのは「葡萄染めの色濃き小袿と薄蘇芳の細長」。今の色名でいえば、濃いワインレッドとピンクのような赤紫が近いでしょうか。その姿に源氏は、他に抜きんでた彼女の美しさを賞賛しています。

成長とともに変化した紫の上の衣装の色

ここでもう一度、紫の上の色の変化を振り返ってみましょう。

無邪気さや幼さを連想させる黄色（山吹重ね）から始まって、少女の初々しさを思わせるピンク（桜重ね）、そして大人の女性としての成熟と華やかさをたたえる赤紫（紅梅重ねなど）……。こうして見ると、作者は紫の上の年齢や成熟に伴って段階的に色を変え、そのことが読者に時々の彼女のイメージを想起させる効果を生んでいるという、巧みな演出を思わないではいられません。

またこれまで見てきたように、紫の上のシンボルカラーは紫といっても「赤紫」の方です。赤紫は色彩学的に見ると、赤に少しの青を混ぜた色。心理的には、愛や情熱を感じさせる赤と自制心や悲しみなどを表す青を含んだ複雑な色でもあります。その後の人生の展開と彼女の苦悩を知るにつけ、読者もきっとこの赤紫がただ華やかなだけではない、紫の上の心の奥を物語る色だと思わずにはいられないでしょう。

色のない女性たち、葵の上と六条御息所

葵の上はなぜ感情を見せないのか

華やかな色彩絵巻が繰り広げられる一方で、『源氏物語』の中でも衣装の色彩の描写がない、あるいはあっても無彩色のみという女性たちがいます。決して〝端役〟というわけではなく、重要な役割を担う登場人物たちですが、彼女たちにはなぜ色が与えられていないのでしょうか。それぞれの人生を追いながら見ていきたいと思います。

まず、光源氏が元服したと同時に結婚した正妻、葵《あおい》の上《うえ》。彼女は左大臣家の娘という高い身分でしかも美貌の持ち主ですが、どこかよそよそしく二人の心が寄り添うことはありません。源氏の語りかけに親し気に耳を傾けるわけでもなく、しっとりと心を寄せてくることもなく、高位の女性としての姿勢を崩さない彼女。気高くはあるけ

れど、乱れたところなどみじんも見せない妻に、彼は物足りなさを感じ、他の女性を相手に恋の遍歴を繰り返すのでした。

でも葵の上の気持ちに思いを馳せてみると、もしかしたら彼女は結婚の最初から若き夫の心が自分にはなく、別の人（藤壺）への止みがたい恋慕を内に秘めていることを直感的に感じ取っていたのかもしれません。だからこそ心を開くことができないし、自分が年上であることや好き合って結ばれた関係ではないことへのコンプレックスと相まって、頑なな態度しか取れなかったのではないでしょうか。感情を内におし留め、愛しい人にも素直に甘えることができない、プライド高き女性の悲しさ……。

そんな葵の上には、色彩がありません。紫式部は、彼女の衣装の描写をいっさいしていないのです。なぜなのか？

色彩心理の研究から私見を述べると、赤、青、緑といった有彩色は人間の感情と深く結びついています。静かで内省的な気分のときは深い青が気持ちに合うとか、うきうきと楽しい気分には黄色やオレンジのイメージとか、そういったことです。そう考えると、感情を出せない、あるいは抑制している葵の上には、どんな色も当てはめることが難しい気がします。作者もきっと、彼女に相応しい色を思い描けなかったのではないでしょうか。

生霊に取りつかれた産屋での白

ただ一カ所だけ、葵の上の着物の色が記されている箇所があります。それは出産のシーンの白です。

光源氏が妻のもとに通うのも間遠くなり、夫婦の溝が隔たっていく中、葵の上が妊娠します。しかし産み月が近づいてくるに従い、物の怪や生霊がついて彼女をひどく苦しめるようになってしまうのです。僧たちに祈禱などをさせるもいっこうに良くなる気配はなく、やつれ果てるばかり。

周囲の者は今、源氏が通っている（つきあっている）六条御息所《ろくじょうのみやすどころ》が正妻への嫉妬のあまり生霊となって取りついているのではないかと噂したりしているので、さすがに源氏も心配になって葵の上の傍に付き添っているのですが……。

葵の上は産み月に満たないまま、苦しみの中で男児を出産します。そのときの様子が「白いお召し物に長い黒髪が艶やかに映えている」と描写されています。当時は、出産が近づくと妊婦だけでなく産室の調度品から出入りする家人や女房の装束まで白一色にするのが習わしだったので、それが反映されているのでしょう。

ここが唯一、葵の上に与えられた色である白のシーン。やがて、男子出産に周囲が歓び沸き立つ中、葵の上は衰弱し、誰にも看取られずに亡くなってしまいます。

光源氏と夫婦となりながら、華やかな色を一度もまとうことのなかった誇り高き女性の悲しい最後でした。

ダークなヒロインの無意識世界

一方の六条御息所もまた、色彩に関しては何も描かれていません。

彼女は元東宮の未亡人という高い身分の女性。若い光源氏は七歳年上の教養溢れる御息所に惹かれ、口説き落として通うようになりますが、ほどなく堅苦しさを覚え夜《よ》離《が》れ（夜に訪れなくなること）が続いています。源氏に対する彼女の情の深さ、しつこさも少々重くなってきていたところだったのです。そのあたり男の身勝手を感じてしまいますが、さすがに彼も後ろめたさを覚えていたようで、前述した夕顔と共寝した夜に、女が夢に出てきて嫉妬に満ちた恨み事を言います。そこから、夕顔は御息所の怨霊に殺されたという解釈が出てくるのですが、作者はそれについてははっきりとは書いていていません。

でも、葵の上に死をもたらした生霊が御息所であることは、明記されています。

事の起こりは、賀茂神社での祭事のときのこと。葵の上と六条御息所との間で、それぞれが乗った牛車を停める場所を巡って激しい争いが発生します。結果、御息所の車が退けられることになり、彼女の中で怒りが募ります。それでなくても、自分が執心している男の正妻に対しての嫉妬心は止みがたく燃え上がっていたことでしょう。

御息所が生霊になって葵の上に取りついているのではないかという話に最初は半信半疑だった源氏も、妻の枕元につき添っているとき、生霊が現れ「苦しいからもう祈禱をやめてほしい」と懇願されます。この場合の加持祈禱とは、僧が唱える悪霊退散のための読経で、エクソシストの悪魔払いのようなもの。でも、よく聞いてみると、それは明らかに六条御息所の声に他ならず、やはり彼女の生霊であったかと確信するのです。

誰の中にもある負の感情を体現した二人の女性

でも御息所自身にはその自覚はなく、ただ自分の着ていたものに芥子の香りがしみ込んでいるのを不思議に思ったり（祈禱の際の護摩に芥子を焚く）、時どきぼーっと気を失ったようになってしまうことがあり、そのときに魂が身体を抜け出してあの方に取りついているのかもしれないと思ったりします。また、気が狂ったように葵の上を痛めつけている夢を見ることもあって、そんな自分をなんと嘆かわしいと、罪深く感じていたりするのです。

こうした一見ホラーのような展開は、源氏に対する強い執着心、いわば六条御息所の無意識世界を描いていると読むこともできます。そしてそこにはなぜかいっさいの色彩が登場しないのです。

この痛ましいほどに激しい感情を内に秘めた六条御息所や、感情を表さず頑なな姿勢を崩さない葵の上の人物造形は、どちらかというと控えめでたおやかな『源氏物語』の女性たちの中では異色です。でも紫式部は、この二人を通して他の女性たちが外に表すことができなかった、ままならない身の上に対する怒りや嫉妬心、哀しみなどの負の感情を描いてみせたのだと思います。

そしてなぜか、女性読者の中には六条御息所が好きという人が多いのです。偽りのない彼女の存在、他の登場人物のように美しく雅なばかりではないダークな内面世界に、どこかでリアリティと共感を覚えるからではないでしょうか。

おかしくて、やがて哀しい、末摘花の赤

不遇な身の上の女性が好き

光源氏は、悲しい結末に終わった夕顔のことをいつまでも忘れることができないでいます。上流貴族の女はどこか気が安らげないのに比べ、夕顔はおっとりと優しく自分を受け入れてくれた。そんな女とまたねんごろになれないかとアンテナを張り巡らし、良さそうな女《ひと》の噂を耳にすると、まめに和歌を送ってはトライ&エラーを繰り返す日々を送っていました。

そんな折に側近の女性から、亡き常陸宮《ひたちのみや》が晩年にもうけ可愛がっていた姫が、身寄りもなく一人寂しく暮らしているという噂を聞きます。がぜん興味をそそられた彼は、手入れもされず廃屋のような館で暮らしている彼女のもとに出向き、屋敷の別室に忍んで姫の奏でる琴の音色に耳を傾け妄想を膨らませるのでした。

どうも光源氏は、夕顔にしろ若紫にしろ、もとは高貴な生まれだけれど、親に死なれ後見する人もいない寂しい境遇の女性に惹かれるようです。幼くして母を失った自身と重なるのか、それとも不幸な身の上の女を救い我が手中に収めたいという、権力ある男の潜在的な願望でしょうか。この傾向は後の女性遍歴にも見られるものです。

そうしてとうとうある晩、姫の寝屋に入り込み関係をもつのですが……。このようなことに慣れていない様子の彼女は、恥ずかしがるばかりで源氏とのやりとりもぎこちなく、彼はなかば失望して早々に帰ってしまいます。

しばらくの後、このまま知らん顔をするのも薄情なのではないかと、ある雪の晩、再び訪ねて一夜を共にします。その早朝、雪明りの下で初めて彼女の姿を見た源氏の驚きといったら！

笑われているのは末摘花だけ？

その当時、男女が結ばれるには、夜、従者の手引きなどによって男が女のもとに忍びこみ手探りで事に及ぶのが普通でした。当然、ほぼ真っ暗か、かすかな月明りがあるくらいで、相手の顔立ちや姿形などはほとんど見えません。少し馴染んできたあたりで、初めて相手がどんな人かを知るという関係はごく当たり前でした。なので、源氏の場合も不遇な身の上の姫に対する妄想だけは膨らんでいても、実際はどんな人か分からないわけです。そうして初めて目にした彼女の姿は……、座高が高くガリガリに痩せていて、なにより不格好で大きな鼻に驚き、またその先端が異様に赤いのに、目を離すことができません。要するに不細工なわけです。

着ているものも色が白茶けてしまっている薄紫の単に、元の色が分からないくらいに黒ずんだ衣を重ね、寒さしのぎかその上に黒貂《くろてん》の毛皮をまとっているという興ざめするような格好です。源氏は、着るものにさえ事欠く貧しさぶりに哀れをもよおしつつ、この日も急いで館を去ってしまうのでした。

この巻の名称であると同時に赤鼻の姫を示す「末摘花《すえつむはな》」は、紅を染める際の染料である紅花のこと。花びらは黄色ですが、その先端が赤いことから「末摘花」とも呼ばれていて、ここでは「鼻」と「花」をかけてつけたものと思われます。『源氏物語』の中では、末摘花の容姿と世慣れない鈍臭さが笑いを誘うエピソードとして描かれていますが、じつは少し深く読み込んでみると、笑われているのは末摘花だけではありません。

光源氏が恋の遍歴を始めるきっかけとなった「雨夜の品定め」の雑談の中で、男たちの一人が「家が落ちぶれて朽ち果てたような邸に住んでいるやんごとなき姫君の中に、思いもかけず美しいのがいるんだよなぁ」というような話をします。身分の上下に関わらず当時の男たちにとって、〝頼る人もなくあばら家にひとり寂しく暮らす高貴な姫君〟というのは、ロマンを掻き立てられる対象だったようで、それを紫式部は末摘花のエピソードを用いて皮肉を込めて笑っているのです。〝いくら高貴な出でも、貧しく頼る人もいない姫君というのはしょせんこんなものよ〟と。

光源氏の優しさと残酷

悲しきピエロとしての末摘花の役回りはこの後もまだまだ続きます。

年の暮れ、光源氏の元に末摘花から正月の晴れ着が送られてきます。貴族の間では妻の実家が夫の衣装を整える習わしがあるのですが、何を勘違いしたか末摘花から届いたのです。しかしそれはおしゃれな彼からすれば驚くように古びた、センスのない代物。唖然とすると同時に、貴族としての常識や作法を教えられないまま育ったのだろうと、姫の境遇に同情さえ覚えるのでした。

さらに、彼の館である二条院に戻ると紅と白の桜重ねを着た幼い若紫がいて、末摘花の赤鼻を思い出したのか、「同じ紅でもこちらはなんてカワイイのだろう！」と比べないではいられません。また一緒に絵を描くシーンでは、源氏が長い髪の女を描いて鼻に赤い色をぬり、その紅を自分の鼻にもぬりつけて、「私がこんな鼻をしていたらどうします？」とふざけて問うと、彼女は「そんなのイヤだぁ」と笑い転げてしまいます。要するに美少女の若紫と一緒になって、末摘花の容姿を笑いものにしているわけです。これって、ちょっと酷いと思いませんか？

一方で、彼は零落した末摘花に着物を贈るなど、不思議と援助も惜しみません。何年か後、さらに落ちぶれた暮らしを続けている彼女のことを知り、不憫に思って自分の館に引き取ることにもなります。

まったく、残酷なのか優しいのか分からない、それが光源氏という男なのです。

緑が象徴する明石の上のセルフコントロール力

都から離れ、一人泣いて暮らす光源氏

紫式部は『源氏物語』の中で、光源氏と関わっても自身の身の処し方を心得、ストレスで心が折れることもなく、精神状態を何とか保って生き抜いた女性たちも描きました。その代表が、明石の上と花散里《はなちるさと》です。

作者は、この二人を緑や青といった寒色系の色で象徴させています。赤やピンクといった他の女君たちとは異なる色調には、何が込められているのでしょうか。まずは、後々源氏の人生に大きな福音をもたらす明石の上との出会いから見ていきましょう。

順風満帆に見えた若き光源氏ですが、人生とはそうそううまくは行かないもの。二六歳のとき、思わぬ落とし穴によって（というか身から出た錆によって）、不遇の

身となります。

若き日、なまめいた春の宵に偶然出会った朧月夜《おぼろづきよ》と呼ばれる女性と情を交わし、その後も逢瀬を重ねるのですが、じつは彼女は政敵である右大臣家の娘でのちの天皇・朱雀帝《すざくてい》（源氏の母違いの兄で、このときは東宮）に入内（天皇の内裏に入り寵愛をうけること）することが決まっていた女《ひと》。そうとは知りつつも、密かに密会していたところを見つかり、周囲の怒りをかいます。

このままでは政治的に失脚させられるだろうし、最悪、天皇への反逆ととられ罰せられるかもしれないと恐れた源氏は、自ら京を離れ謹慎生活を送るのです。

数人の供を連れて身を置いた先は須磨。都から離れたうら寂しい漁村で、彼はここで三年あまりを過ごすことになるのですが、この「須磨」とそれに続く「明石」の巻で、作者はこれまでにない源氏の弱さを描き込んでいます。

飛ぶ鳥も落とす勢いだった貴公子は、わが身の不遇を嘆き毎日泣き暮らしているのです。親しく話す人さえいないような田舎で、歌を詠んだり、絵を描いたり、楽器をかき鳴らしたりしつつ、都の華やかな暮らしを懐かしんでは泣き、一人置いてきてしまった紫の上を想っては泣き、寂しく暮れていく鄙《ひな》びた風景を見ては、また涙を流すのでした。

ここで彼は本当によく泣くのですが、それについては三章の「平安貴族にとっての感情表現」のところで述べるとして、私などは光源氏の「僕って可哀そう……」といった過剰な自己憐憫にも読めて、つい笑ってしまいたくなることも……。でも彼に同情を覚える読者も多いと思うので、これ以上書かないようにしましょう。

格差婚の不幸を知る母と娘

とにかくそんな不遇のときに出会ったのが、明石の上でした。彼女は受領（地方長官のようなもの）・播磨の守の娘で貴族としての位はさほど高くありません。それで父親は何とかして中央政権で最高位にある光源氏に娘を気に入ってもらい、縁づかせたいと強く望んでいます。一方母親はそんな夫にあきれて、「なんてバカなことを考えているの！　あちらは都で高いご身分の恋人がたくさんいらっしゃると聞くし、だいたい帝の想い人と間違いを犯して流されてきた人に、どうして娘を託せるものですか」と大反対。『源氏物語』の中では珍しく妻が夫に真っ向から意見をぶつけるシーンです。また娘である明石の上も、身分不相応の縁組など不幸になるのは目にみえていると、乗り気ではありません。

女性たちはシンデレラストーリーの幸せな結末を決して信じてはおらず、格差婚の現実をリアルにとらえているのです。しかし、父親の執念と用意周到なお膳立てによって結果的に二人は結ばれます。

その後、光源氏は謹慎が解けて中央政権への復帰を果たし、ほどなくして明石の上は源氏の娘（明石の姫君）を出産することになるのです。


ここまで、明石の上の衣装の描写はありません。描かれているのは、その後、光源氏に都に呼び寄せられてからの三例です。

母親とともに京の山荘に移り住んだ彼女は、光源氏と三年ぶりの再会を果たします。しかし歓びもつかの間、源氏からは身分の低い母親のもとで育てば将来は明るくないだろうから、子どもを自分に引き取らせてほしいともちかけられます。そうして、三歳の娘を泣く泣く渡すことになったときが一例目。

雪が降り続き、庭の池も凍っているような寒い朝、彼女は「白き衣どものなよよかなるあまた着て」います。白の薄物の衣を何枚も重ねる「氷重ね」。地面に積もった雪が凍って何層にも重なった様を表す冬着用の重ね色目です。この白一色の衣装は、深い悲嘆の感情を封印し、身を裂かれるような思いで娘を手離そうとしている明石の上の凍りついた心の色そのもののように思えます。

明石の上に対する紫式部の思い入れ

次は、紫の上のところでも書いた、年末、光源氏が関わりの深い女性たちに正月の晴れ着を贈る場面。ついに太政大臣の地位を極めた源氏が六条院という壮大な屋敷を建て、その一角に住まわせている明石の上には、「白き小袿に濃きが艶やかなる重ねて」、つまり白と紫の組み合わせを選んでいます。この場合の濃い紫は、明石の上のような身分の人には本来似つかわしくない色ですが、娘である姫君を引き取って紫の上に育てさせている源氏は、やがてこの姫を時の天皇に入内させようと目論んでいます。そんな、将来自分の栄達につながるような娘を生んでくれた女性への敬意を表しているのではないかと、私には思えます。

そして最後は約十年後、六条院に住まう女性たちがそれぞれに楽器を奏でる「女楽」が催された早春の夕暮れ時。美しい調べが流れる中で、三八歳の明石の上は「柳の細長に、萌黄の小袿、うすものの裳《も》」を身に着けています。裳というのは正装の時に着用する装束ですが、明石の上はこのとき自分より格上の人と同席することをわきまえて正装していました。当時は身分の低い者ほど上の者への礼儀として正装し、身分の高い者ほどラフな装いだったのです。

彼女の色合いは、全体にやや青みがかった緑と黄みの緑の配色です。私は、明石の上のパーソナリティをもっとも表しているのは、この緑系の色だと思います。なぜなら、緑は色彩心理の調査から見ても「安定」や「落ち着き」「穏やかさ」などを表す色。明石の上は、そんなセルフコントロールができる女性だったのではないでしょうか。我が子を取り上げられるという受難の人生を余儀なくされたにもかかわらず、怨霊にもならず、心労で病むこともなく、恨み言も言わず、身の程を受け入れて生きた人。またそうしないと地方出身の中級階級の娘が、中央の貴族社会の中で自分の居場所を確保し続けることは難しかったのだと思います。

もしかしたら、同じ中級貴族の出身で父親が受領となり一時期地方で暮らしていた紫式部は、似たような設定の明石の上を登場させることで、自分の分身のような思い入れをもって描いたのかもしれません。

花散里が染める露草の青

染織技術を身につけていた貴族の女性たち

『源氏物語』の中では明石の上と並び、癒し系の女性として描かれているのが花散里です。彼女は、桐壺帝の女御の一人だった女《ひと》の妹。源氏とは以前から男女の関係があったようなのですが、それについては詳しくは書かれていません。

ただ関わった女性に対してはマメで律儀なところのある源氏は、須磨で謹慎生活を送っているときにも他の愛人たちと同様、花散里にも手紙を出し、六条院が完成したあかつきには、彼女を夏の館に住まわせ面倒をみています。

花散里には、源氏が愛する女性たちに与える赤や紫系の色の形容がほとんどないことから、なまめかしい色恋の対象では既にないことがうかがえます。その代わり、誠実で穏やかな人柄を信頼し、葵の上との間に生まれた息子、夕霧の養育を任せたりしています。

その花散里を物語る色彩について、とても印象的なのが染色のシーンです。秋のはじめ、台風が吹き荒れた翌日、光源氏は花散里の御殿を見舞います。急に冷え込んできたので、そこでは女房たちが冬の衣装の支度に忙しく立ち働き、花散里の周りにも朽葉色の薄絹や今様色の見事な光沢の布地などが散らばっています。それらの色はじつに美しく、こうした染色の腕前は紫の上もかなわないほどだと源氏も感心するほど（「野分《のわき》」の巻）。

当時、貴族の女性たちは染色の技術も身につけていました。夫など身近な者の衣装は女性が用意する場合が多く、どの植物をどれくらいの分量でどのような要領で染めれば美しい色になるか、その知恵や技術も教養のひとつでした。自分の手で染めないにしても、女房や職人に指示を出せるくらいの知識はもっていたでしょう。そんな中で、花散里は抜群の染色の腕をもつ女性として描かれています。

賢い女性の緑と青

貴族の女性が立ち働く労働風景は物語の中でも珍しいのですが、ここでは花散里が夕霧の直衣を染める場面が、「このごろ摘み出だしたる花して、はかなく染め出でたまへる、いとあらまほしき色したり」と書かれています。

この場合の花とは、露草のこと。別名「月草」ともいい、夏の朝、露草の花を布に擦り付けて青を染めていたのです。ただ褪《あ》せやすいことから和歌などでは「移ろいやすい心」を表すものとして使われたりしていますが、ここでは「露草の花であっさり染めた青が、申し分なく美しい」と源氏が賞賛しています。

このように染色をはじめ家政全般の差配に堪能な花散里は、つつましやかで堅実な女性。源氏の周囲にはあまりいないタイプで、それだけに信頼厚く、心を開いて話ができるセラピストのような存在です。

そんな花散里に源氏が正月の晴れ着として贈ったのは、「浅縹《あさはなだ》の海賦《かいふ》の織物と搔練《かいねり》」。浅縹は薄いブルー、海賦は貝や海藻など海の風物を模様化したもの。搔練は紅花で染めた淡い紅のことで、縹色の下に着る袿の色を示すものです。要約すると、ここでの花散里のメインカラーは浅縹、つまり薄青ということになります。

青は「まじめ」「冷静」「抑制」「自律」などの心理的傾向を表す色。源氏ともほどほどの距離を保ち、控えめで誠実、自己抑制も感じさせる花散里の人柄にはもっとも馴染む色ではないでしょうか。

明石の上と花散里、二人の女性を続けて見てきましたが、冒頭に書いたように作者はこの女君たちを緑と青という色で象徴させています。色彩学的に見ると、緑は暖色と寒色の真ん中に位置する中間色。青は寒色です。この二つの色からは、穏やかさや静けさを感じとる人も多いのではないでしょうか。

そんな心で生きた明石の上や花散里は、運命の激流に押し流されることなく自分を保つことができた、賢い女性なのかもしれません。『源氏物語』の薄幸のヒロインたちの中では、精神的サバイバルを果たした数少ない女性たちの例といえるでしょう。

源氏をふった玉鬘の山吹重ね

美しい女性に成長した夕顔の遺児

光源氏の栄華を物語る六条院での暮らしに、新しい姫君が加わります。玉鬘《たまかずら》という若く美しい女性です。彼女はじつはかつて源氏が愛した夕顔の遺児。源氏の親友、頭の中将との間に生まれた娘なのですが、夕顔は頭の中将の妻の執拗な嫌がらせを恐れて身を隠していたところ、夕顔の花がきっかけで源氏と出会ったといういきさつがありました。夕顔が生んだ玉鬘は筑紫（九州）で乳母に育てられ、二十歳の頃、再び都へと戻ってきたのでした。

京に出て来た当初は、秋だというのにまだ春ものの単の着物を着ているような貧しい暮らしでしたが、偶然の出会いによって玉鬘の存在を知った光源氏は、自分の養女として六条院に引き取り、花散里に養育を任せます。こうして六条院の姫君となった玉鬘は、膨らんだ蕾が花開くように女性としての魅力が開花していきます。

その年の暮れ、そんな玉鬘に源氏が正月の晴れ着として贈ったのは、「曇りなく赤きに、山吹の花の細長」でした。鮮やかな赤に山吹の花のような黄色。くっきりした暖色系の重ね色目で、田舎でのびやかに育った乙女の健康的な美しさを感じさせる色です。

このように、若紫（紫の上）にせよ玉鬘にせよ自分がかつて愛した女性に縁のある少女や娘を引き取り、面倒を見るのが好きな源氏ですが、玉鬘に対してはとくに自分のせいで突然死んでしまった夕顔への未練も相まって、執着せずにはいられない様子。


そして春。二二歳になった玉鬘はますます美しく、評判を聞いた男性たちから恋文をもらうようになります。そんな様子に気が気でない源氏は、親だからと几帳などを隔てることなく直接彼女の傍に近く寄り、「（男たちに）気をつけるように」と教訓めいたことを言ったりします。いくら養父といえどあまりに馴れ馴れしい態度に、玉鬘は困惑を覚えざるをえません。そんな頃に着ていた彼女の衣装が、「撫子《なでしこ》の細長に、このごろの花の色なる御小袿」と描写されています。

撫子色は、淡い紅。「このごろの花」というのは、春から初夏にかけて白い花を咲かせる卯の花と解釈され、「卯の花重ね」は萌黄色と白の配色となっています。ピンクと萌黄と白……男たちが心惹かれるのも頷けるような、若い女性のなんとも麗しいコーディネートではありませんか。

源氏が玉鬘に行ったサプライズとは……

その後も玉鬘に対する源氏の執拗な接近は、エスカレートしていきます。夕顔の娘なのだからとても他人とは思えないと手を握ったり、彼女の寝屋で添い寝して一夜を明かしたり。養女として迎えたのだからと自制はしているものの、あまりにも危うい態度に彼女も気が気ではありません。

五月のある夕暮れ時。薄暗くなってきた頃に源氏が訪れあれこれと世話をやいてくるのですが、一方で何を思ったか、かねてより玉鬘に恋心を抱いていた兵部卿宮に娘との仲を取り持つと言って部屋に入れ、几帳を隔てて話をさせようと試みます。しかしそうしたことに慣れていない玉鬘は、困って奥に引っ込んでしまう始末。源氏は「そんな子どもっぽい真似をするものではありませんよ」などと言って諭すのですが、らちがあきません。

やがて夜も更け真っ暗闇の中、ほのかな香の香りだけが漂っている部屋で、源氏は思いきった行動をとります。玉鬘の傍近くに寄り、袖の中に隠しておいたたくさんの蛍をいっせいに放つのです。まるで灯りがともったかのような光に、玉鬘は驚き慌てて扇で顔を隠すのですが、それでもほのかな光に一瞬照らし出された顔の美しさはたとえようもないほどでした。兵部卿宮も初めて見た彼女の容姿の素晴らしさに、ますますときめかずにはいられません。

源氏が行ったこのサプライズは、いったいどんな企みだったのでしょうか。自分自身も光に照らし出された玉鬘の顔を見たい、言い寄る男に自分の娘を見せつけたい、その男たちの色めく様子を観察したいなど、いろいろな欲望が入り交じっていたのかもしれません。でも、並の男であれば、こうした自分の邪《よこしま》な欲求を邪な方法でしか実行できないと思うのですが、蛍を放つなど洒落たことをやってのける並外れた男、それが光源氏なのです。

色が物語る母と娘の違い

その後も、源氏の玉鬘へのアプローチは続き、彼女も心動かなくはなかったようなのですが、養父と思い慕ってきた彼との関係を踏み越えるわけにはいきません。結局、並みいる求婚者にはなびかず、二三歳で鬚黒大将《ひげくろのたいしょう》と婚姻。名前の示すとおり、源氏とはまったく違うタイプの男でしたが、五人の子どもを儲け結婚生活を全うしました。他の女性たちのように源氏との間の愛の確執に飲み込まれることなく、ぎりぎりで踏みとどまった彼女は、物語の中でも「源氏をふった」稀有な存在として描かれています。

源氏の玉鬘に寄せる思いは、夕顔に対する未練の投影ともいえるものですが、母である夕顔と玉鬘はまったく違うタイプです。それは色彩にも明確に表れています。控えめで相手に合わせる術《すべ》を身につけた夕顔のなよやかなラベンダーと白。片や、正月の晴れ着に贈られた玉鬘の鮮やかな赤と黄色。それは健やかさと同時に、自らの進むべき道を自分で選びとっていく彼女の能動性をも表しているようです。二人は親子といえども別の人格、それを見極めきれなかった源氏の妄執が玉鬘を思い悩ませ、また同時に強くもさせたのではないでしょうか。

可憐なピンクをまとう女三宮の秘密

四十歳の源氏、十三歳あまりの女三宮と結婚

『源氏物語』（一部、二部）において、最後に登場する女性が女三宮《おんなさんのみや》で、後々、光源氏の栄光が内側から崩壊するキーパーソンになる人です。

彼女は朱雀帝の第三皇女ですが、病を得て退位し出家を果たした父はこの娘の行く末が心配で、光源氏に結婚してくれるよう懇願します。源氏は二二歳で正妻・葵の上を亡くして以来、四十歳の今まで独身。六条院に愛する紫の上と暮らし他の女性たちに囲まれているものの、紫の上は妻のような存在であっても正式な婚姻関係はありません。なぜなら、紫の上は後見（後ろ盾になってくれる親や親族）もなく、身分も源氏とつり合うものではないので、当時の価値観からいうと婚姻の対象にはならない人だったのです。

そこに降ってわいたような結婚話。最初は、さほど乗り気でなかった彼も、女三宮が藤壺の血縁に当たることに心惹かれたのか、あるいは内親王との婚姻が自身の権勢をより強固なものにするという欲が出てきたのか、結局、承知してしまいます。

そうして源氏のもとに降嫁してきたのが、女三宮です。まだ十三歳あまりで、結婚の形式に従って三晩ともに過ごしたものの、青く固い果実のように未熟な彼女にがっかりしてしまう源氏でした。以来、新妻にはあまり気持ちが向かないまま、六条院での生活が続きます。

しかし当然のように、紫の上の心中には嵐が吹き荒れています。今まで仲睦まじく暮らしていた相手の突然の結婚に衝撃を受け、哀しみに打ちのめされていたのです。にもかかわらず、それを表に出さず平静に振舞っているので、源氏も「あなたが嫉妬するような人じゃないから、気にしないように」などと軽くなだめるだけ。

まったく、繊細な光源氏にしてなんと鈍感なことだろうと呆れてしまいますが、これが何人の女を囲ってもかまわない当時の貴族の男の〝常識〟であり、メンタリティなのです。

彼女の運命を変えた、垣間見

しかし、不幸の萌芽は徐々に形を成してきます。

早春のある日、六条院の庭先で蹴鞠《けまり》の宴が催され、若い貴公子たちが蹴鞠に興じていました。十代も半ばになった女三宮は自身の姿が見えないよう几帳の影でその様子を見ていたのですが、飼い猫が突然走り出てつけていた紐が簾の端に引っ掛かり、引き上げられてしまいます。そうして立っていた女三宮の姿も露わになってしまい……。

その様子はほっそりと華奢で豊かな黒髪が裾まであり可憐だと描写されています。そのとき彼女は、「紅梅重ねと桜の細長」、つまり紅梅の濃い色から薄い色をグラデーションのように重ね、その上に桜色の細長をまとっていました。全体に、ピンクがかったコーディネートです。

夕日に照らし出されたその姿に、一瞬、目を奪われた若者がいました。蹴鞠の輪の中にいた太政大臣家の御曹司、柏木《かしわぎ》です。以来、女三宮への思いは断ちがたく、ますます燃え上がるばかり。源氏の正妻と知りながら恋文を出したりするのですが、何もないまま年月が過ぎてゆきます。

六条院、最後の栄光

源氏、四七歳の正月二十日、梅の花が盛りと咲く中、六条院に暮らす女性たちが演奏する「女楽の夕べ」が催されます。参加したのは女三宮の他、紫の上、明石の上とその娘の明石の姫君の四人。お互いの姿が見えないように各人の間に御簾を隔てて座り、源氏の前で琴や琵琶を奏でるのですが、それぞれの贅をこらした衣装も華やぎに満ちたものでした（「若菜・下」の巻）。

女三宮が着ていたのは、「桜重ねの細長」。ここでもピンクをベースにした彩りです。ただ二一歳にしては華奢で幼さが残るその様子は、「ただ御衣《おんぞ》のみある心地す（ただ衣だけがあるかのようだ）」と書かれています。この表現については、「大き過ぎる衣装のことを表している」などの解釈が一般的ですが、『源氏物語』研究者の潮崎晴氏はもっと踏み込んだ読みをされていて、「華やかな衣装だけが目立つけれど中身がない」つまり女として成熟していないことを示していると解釈されています。

色彩から見ても、女三宮の衣装は十三、四歳のときも二一歳になってからも、大きく変わることはありません。他のヒロインたちのように成長や変化をうかがわせるような色の変遷は描かれておらず、夢見る乙女を思わせるピンク系のまま。作者は女三宮の女性としての成長を色で表してはいないのです。そうした理由から、私も潮崎氏の読みが的確なように感じられます。もしそうだとしたら、「御衣のみある心地す」という読み過ごしてしまいそうなこの一行に、作者の女三宮に対する鋭い眼差しが表れているのではないでしょうか。それは辛辣さと同時に哀れみを含んだ、同性としての眼差しなのかもしれません。

思えば、この「女楽の夕べ」が六条院の栄光を飾る最後の一コマでした。その日の暁け方、女三宮の降嫁で傷つき、塞ぎがちだった紫の上がとうとう発病。病の床についてしまいます。

一方、女三宮の身にも異変が起こります。紫の上の看病で源氏が留守にしている間に、蹴鞠の日の垣間見以来、何年もの間彼女を恋い焦がれていた柏木が寝屋に忍び込み、驚き震える女三宮を抱き寄せてとうとう思いを遂げるのです。

源氏は、女三宮の秘密を知っていたか

政略結婚のような形で年の離れた源氏の妻になり、愛されることもなく、女としての喜びや幸せも知らず、身も心も幼いままの女三宮は、一夜の強引な行為によって妊娠してしまいます。懐妊を知った源氏は「長い間、子はできなかったのに不思議だ」

と訝《いぶか》りますが、ともかく表向きは准太上天皇の地位に上りつめていた源氏と正妻との間にようやくできた御子。

でもじつは死んでしまいたいほどの苦悩を抱えやつれ果てた女三宮は、月満たないまま難産の末、男子を出産します。その子どもはやがて成長して「薫《かおる》」と呼ばれるようになり、『源氏物語』の中でも後の世代を描いた「宇治十帖」の主人公となってゆきます。

でも、その前に……、光源氏は薫が自分の子でないことを知っていたかどうか、気になるところですよね。

誰にも知られてはいけないこのトップシークレットを、じつは知っていたのです！

源氏は女三宮の妊娠を知った後、彼女との距離が少し狭まったような気がして、泊まっていきます。ところが翌朝、何気なく隠されていた柏木からの恋文を偶然見つけ、事の次第を知ってしまうのです。プライドをズタズタにされ、「あの程度の男に妻を寝取られたなど、世間に知られては対面に傷がつく」と、暗い怒りにかられます。また、彼は泣き崩れる女三宮に対して、「この不始末を父君（前天皇）に知られるようなことがあってはならない。（後見を頼まれた）私の落ち度であると思われるだろうし、それは不本意なことだ」「幼稚なあなただが、私のことを盛り過ぎた年寄りと思って見下しているのでしょう」と、感情をぶつけます（「若菜・下」の巻より抜粋）。

普段はクールな光源氏も、この時ばかりはさすがに怒りが抑えられなかったのか、冷静を装いながらも珍しく感情が露わになるシーンです。老いていく自分に対し若い女三宮と柏木に対する嫉妬もあったのでしょう。その怒りの矛先は、やがて柏木に向かいます。

再び巡る、最大のトップシークレット

しかし、女三宮にぶつけたようなむき出しの復讐ではありません。蛇に見入られた獲物のごとく、じわじわと柏木を追い詰めていくのです。引きこもっていた柏木を引っ張り出し、私はすべて知っているのだぞと言わんばかりに公衆の面前で皮肉を言い、鋭い視線を浴びせ、酒を無理強いしたりします。ただでさえ罪の意識に怯えている柏木は、そんな源氏の態度に恐れをなし、憔悴をつのらせ、とうとう病で寝込んでしまいます。極度のストレスによる心身症です。こうして一途な若者は権力者の怒りに触れ、それを撥ね返す力もなく、命の灯が消えてしまうのでした。

私は、この第二章で、二回トップシークレットという言葉を使いました。一度目は、まだ十代の光源氏が父帝の愛人である藤壺と密通し男子が生まれるのですが、二人はその罪の意識と誰にも知られてはならない秘密を抱えたままその後を生きていく、というところです。

そう、昔、自分が犯したのと同じことが、三十年の時を経て、今度は女三宮と柏木を通して光源氏自身の身に降りかかるというのが、『源氏物語』の後半の展開であり、光る君の栄光が陰っていく重要な出来事です。

さすがに光源氏も自分の過去の過ちを振り返り、「父上も本当はあのことを知っていたのだろうか、知っていて知らないそぶりをされていたのだとしたら、罪なことをしたものだ」と苦い思いが甦ったりするのですが……、それは後の祭りというもの。因果応報ではないですが、過去の行いは時を経て、形を変え、巡り巡って再び自分に戻ってくる。こうしたこの世の因果律を、紫式部はダイナミックなストーリー展開で見せてくれているのです。そして、その渦に巻き込まれてしまった女君たちのその後の人生はどうなったのか……。

それは四章で、色彩の変遷とともに見ていきましょう。

天才的な色彩演出家、紫式部

映像が浮かんでくるような名場面の数々

　ここまで、各女君たちを彩る色彩選択の巧みさについて伝えてきましたが、それだけでなく作者は人物の心情やストーリーの内容を物語るのに効果的な、場面全体のビジュアル表現についても見事なセンスを発揮しています。この章の最後では、色彩演出家・紫式部の試みについてお伝えしたいと思います。

　舞台や映画には演出家という人がいます。シナリオを自分なりに解釈し演技の指導をしたり、ストーリーの流れや効果的なシーンの見せ方を決めるなど、作品全体を作り上げていく責任者です。その他に美術や大道具、小道具、照明、音楽などさまざまなプロの人たちが関わり仕上げていくわけですが、『源氏物語』においては紫式部ひとりでこのすべての役割をこなしていたように思います。それだけ、物語における場面の作り込み方が見事で、映像が浮かんでくるような印象深いシーンが展開しているのです。

たとえば、「玉鬘」のところで紹介した蛍のシーン。迫りくる夜の闇の中、光源氏が袖に隠しておいた蛍を放つ場面です。無数の儚げな光の中に一瞬浮かび上がった玉鬘の姿は、息を飲むほど美しかったことでしょう。また「夕顔」の巻でも、研ぎ澄まされたビジュアル表現を見ることができます。夕闇にぼんやり浮かび上がる白い夕顔の花、あばら家の屋根から差し込む満月の光、その下でおっとりと佇む夕顔のなよやかな白とラベンダーの衣装……。

このように紫式部は色彩だけでなく、それをどう見せるか、つまり光の使い方もひじょうに巧みです。とくに男女の逢瀬の場面はほとんどが昼日中ではなく、薄闇の中や夜の帳《とばり》が下りた後ですから、どんな照明で何をどう見せるかによって場面の雰囲気がかなり違ってくることでしょう。

そんな名シーンを、もうひとつ紹介しましょう。先に書いた柏木が女三宮の姿を垣間見る場面ですが、ここでもとびきりの映像美が展開しています。

場面設定、照明、色彩演出に見る、高度な視覚効果

ときは春。うっすらと霞がかかり、満開の桜咲く六条院に集まっていた公達たちが庭に下り立ち、蹴鞠の遊びを始めます。夕明かりの下、芽吹き始めた柳の萌黄色がなまめかしく、桜の花びらが雪のように舞い散る中、庭に面した部屋の御簾の下から隠れて蹴鞠を見物する女房たちの色とりどりの出衣《いだしぎぬ》（裾や袖の重ね色目）が覗いて、六条院の華やかさをいっそう際立たせています。

そこに猫が走り出てきて御簾の紐が絡み付き、館の内部が見えるくらいに引き上げられてしまうのです。そこでにわかに御簾の内側に佇んで蹴鞠の様子を見ていた女三宮の姿がクローズアップされます。紅梅重ねの濃い色から薄い色まで幾重にも重ね、その上に桜重ねの細長をまとった、黒髪の美しいまだ十代の若い妻。残照に照らし出された姿は、何ともいえず可憐で、庭からその様子を垣間見てしまった柏木はその日から彼女を片時も忘れることができなくなってしまうのでした。

どうでしょうか、舞台のようなこの場面、目に浮かんでくるようではありませんか？　花吹雪舞い散る桜と萌黄色に芽吹いた柳、その春の気配満ちる中、まるで幕がさっと開くように突然上がる御簾、小道具としての猫、ピンクのグラデーションの

衣装、その姿をさらに艶やかに見せるスポットライトとしての残照……。

どうしてこのような、映像美あふれる演出ができるのでしょうか。しかもそれは見栄えだけのことではなく、ストーリーと相まって読む者の心に深く刻まれる情景となっているのです。『源氏物語』は世界に誇れる文学作品として、あらゆる角度から研究され評価されていますが、視覚効果の面ではまだまだ掘り下げられていないように感じます。でも私が読む限り、紫式部は文才だけでなくひじょうに優れたビジュアル感覚の持ち主だったと、確信をもって言いたいところです。

白だけで感じさせる光源氏の内面

さらに、作者の恐いくらいの感性の鋭さを感じさせる場面があります。うっかりと読み過ごしてしまいそうなところなのですが、色彩心理の観点から見ると、まさに「恐れ入りました！」と言いたくなるような描写なのです。

それは光源氏が天皇の皇女である女三宮との婚儀を終え、三晩を過ごして紫の上の元に帰った朝のこと。当時は正式に結婚すると初夜を経て三晩を共寝した後、男性の方から後朝《きぬぎぬ》の文といって、和歌を送る習わしとなっていました。光源氏も習慣にしたがって文を書くのですが、あまり気が進んではいません。なぜかというと、このとき十三歳あまりの女三宮は女性としての発育が不十分であり、その幼さと未熟さに失望していたからです。それでも形式的に文をしたためます。

そのときの様子がこんなふうに描写されています。

昨夜の雪が残る朝、白い衣を重ねて着た光源氏が白砂の庭に下り立ち、ちらほらと淡雪が舞う中で白い紙に「中道をへだつるほどはなけれども心みだるるけさのあは雪」(残念ですがこの雪にさえぎられて貴方の元へ行くこともかないません)というような歌を書き、白梅の枝に結びつけて女三宮に送るのです。このときの〝白い衣〟とは、「氷重ね」のこと。薄物の白い衣を何枚か重ねることで、降り積もった雪が凍って幾層にも重なった様を表す冬着用の重ね色目です。

そう、ここはまさに白一色のシーン！　細部にわたってこれほどひとつの色だけで統一され描かれている場面は、『源氏物語』の中でも他にはありません。紫式部は、光源氏の〝何の感情もない〟〝白けきった本心〟を、「白」に象徴させているように思えます。

色彩心理の研究では、赤や青などの有彩色がさまざまな感情と結びついているのに対し、無彩色、とくに白は「漂白」「白紙に戻す」といった表現にも見られるように、喜怒哀楽を感じない失感情、あるいは空白の状態を表すことが多い色です。

もちろん紫式部はそんなことを意図して綴っているとは思えませんが、それだけに彼女のもつ直感力の冴えを実感せざるをえません。言葉ではいっさい書いていないにもかかわらず、私たちは光源氏の優雅さと隣り合わせの冷たさを、白という色を通して感じとることができるのではないでしょうか。それは、言語を超えたもの、感覚に訴える表現といったらよいかもしれません。平安朝の貴族が五感の文化を大切にしたように、『源氏物語』そのものも私たちの感性を刺激してくれる、ビジュアル系の文学なのだと思います。

三

王朝文化を生んだ貴族たちの恋愛事情

平安時代は本当に一夫多妻制だった？

光源氏を巡る本妻、内縁、愛人

前章では『源氏物語』に登場する主要な女君たちの衣装の色と、それぞれの人生を重ね合わせて述べてきましたが、ここではまず各々がどのような立場でどんな位置関係にあるのか、光源氏を巡る人間関係の全体像を見ていくことにしましょう。

まずは次ページの図をご覧ください。光源氏と女性たちの関わりを中心に、彼の出自や女性との間に生まれた子どもなど、主な登場人物を図解したものです。ここでは関係性が分かりやすいように、女性たちの立場を三つに分けて記しています。光源氏と正式な「婚姻関係」を結んでいる女性、「内縁」関係にある女性、「愛人」の三つです。

この図は私が作成したものですが、ご覧のとおり光源氏の正妻は葵の上と女三宮の

本章に登場する源氏をめぐる女性たち

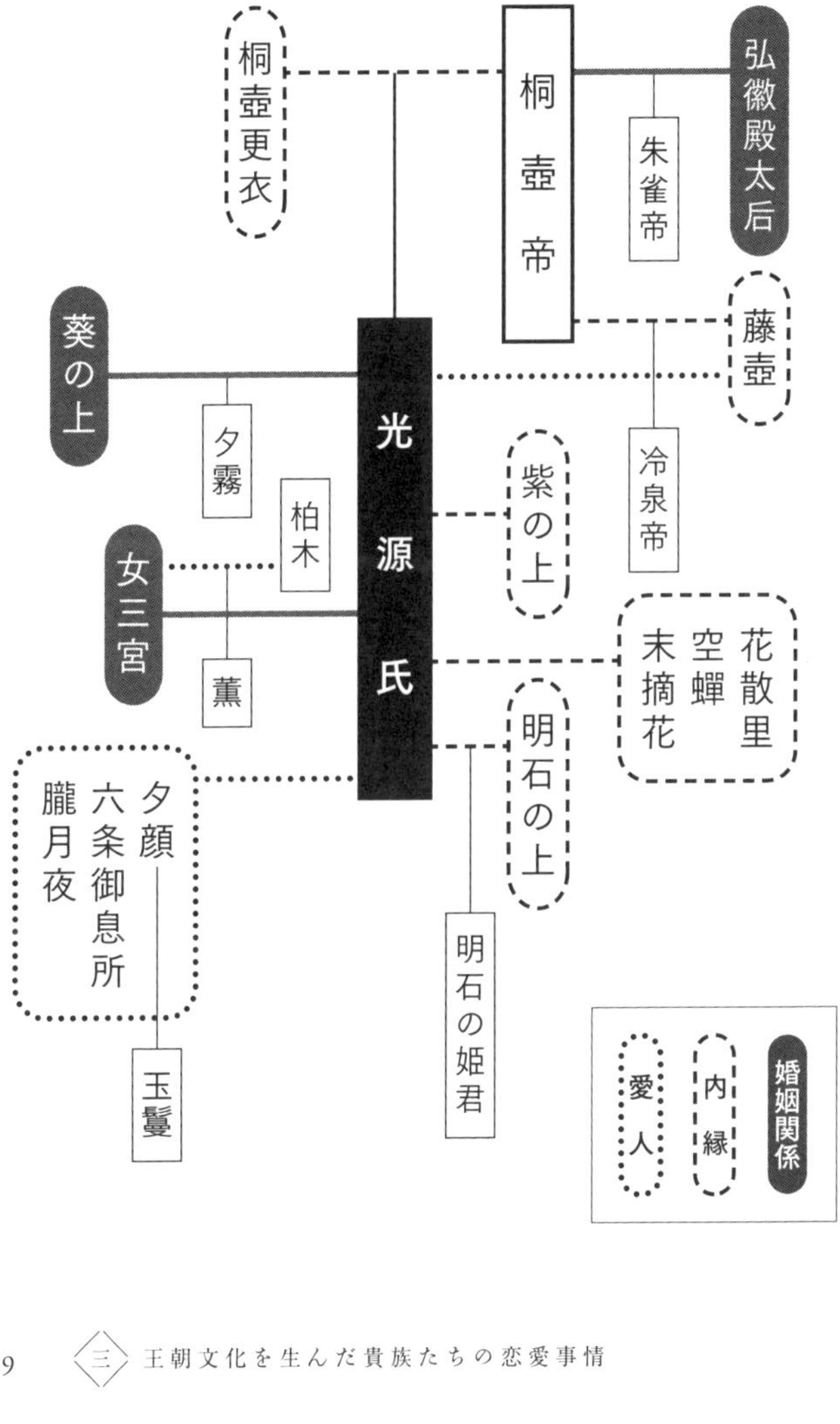

二人だけです。これを見て、疑問に思う方もいらっしゃるかもしれません。「だって、平安時代は一夫多妻制だって聞いているし、源氏の妻は何人もいるんじゃないの？……」と。確かに私も以前はそう思っていました。でもそうすると、この物語の内容にどうも腑に落ちない点が出てくるのです。

それで、当時の男女の結びつきや結婚制度はいったいどうなっていたのか、いろいろと調べてみたところ……、「源氏物語」関連の解説書の中でも、「当時は何人も妻をもつことができた」と書かれているものもあれば、「つま（妻）と呼ばれる人は複数いたが、正妻（北政所、北の方）は一人」と記されている資料もあります。何だかわけが分からなくなってしまうのですが、この問題は専門家の間でも未だに決着がついていないようです。そんな中で法的な観点から明確な解釈を示されていたのが、平安朝の婚姻制度について詳しい工藤重矩氏の『源氏物語の結婚』という本でした。

それによると、平安時代の婚姻制度は「養老律令」の戸令《こりょう》（戸籍・相続などの法令）という法律によって規定されており、明確な「一夫一妻制」だったということ。ただし、貴族の男性は妻の他に複数の妾（図では内縁）をもつことが許されていて、その実態を踏まえた言い方をすれば「一夫一妻多妾制」の状態だったと解説されています（「婚姻法の規定」『源氏物語の結婚』)。

このように法的にはあくまでも一夫一婦制で、法によって夫と妻それぞれの立場は守られ、また規定されていたのでした。そのあたりを同書の内容をもとに、もう少し詳しく見ていきましょう。

結婚しても、夫が妻の実家に通う別居婚

工藤氏の養老律令の解説によると、結婚が許されるのは男十五歳、女十三歳。当時の成人式(男性は元服、女性は裳着《もぎ》)を終えてからで、貴族間では男女とも自分の属する階層より家柄が良く位が高い相手を求める傾向にありました。結婚が成立するには、父母など保護者や保証人の承諾が必要とされ、本人同士が勝手に決めて話を進めることなどできません。あくまでも家と家との結びつきによって正式な婚姻が成立し、その結果、夫も妻もより有利な立場を手にすることができたのです。

当初は結婚しても同居はせず夫が妻の家に通う「通い婚」が普通であり、これによって夫の衣装は妻側が用意するなど、婿として妻の実家からいろいろなサポートを受けられるようになります。また妻の側もこれまでどおり父母の家で暮らし続け、離婚でもしない限りは、夫に他に女ができたとしても安定した立場を維持することができた

のです。

何より、夫婦の財産である家督相続に関しては、本妻との間の男子が継ぐよう法令で順位が定められており、婚姻外で生まれた子どもの優先順位はかなり低いものでした。同様に、男親の役職や貴族の階層に即した昇進に関しても、本妻の子どものほうが圧倒的に有利だったのです。

婚姻制度については、平安時代といわれる約四百年の間に変化したり、形骸化した部分もあるでしょう。でも、平安時代後期には確実に一夫一妻が定着していたと記されていますから（『源氏物語』の時代を生きた女性たち』服藤早苗などを参照）、平安中期に書かれた『源氏物語』の背景としても納得がいくように思います。

紫の上は、なぜ病に倒れてしまったか

『源氏物語』に話を戻すと、光源氏が元服してすぐに結婚した葵の上と、四十代で娶った天皇家の皇女、女三宮だけがこの正妻にあたるという話は図で記したとおりです。源氏は天皇の息子であり臣下としても最高位に上りつめた人ですから、それに見合う女性でなければ結婚の条件に合わず、葵の上亡き後長い間独身でいたわけです。

この葵の上と女三宮の間に、紫の上をはじめさまざまな女性との出会いがあり、数々

のラブストーリーが展開するのですが、立場的には紫の上も明石の上も花散里も皆、法的な「妻」ではなく内縁関係といえます。「内縁」というのは、「妾」と表記されているものもあるように、継続的な関係があり生活の面倒をみてもらっている女性のことを示しています。光源氏は、立場が弱く後見する人もいない女性たちを自邸の六条院に引き取り世話をしていますから、そういう意味では内縁関係にある女性たちも多かったことになります。

こうした彼女たちは法的には何の保証もなく、光源氏の愛情あるいは善意によって守られているわけですから、立場的には弱い存在です。パトロンとしての彼を頼りにし、彼にすがるしかありません。このような当時の貴族社会の背景を知って初めて、作中の女性たちの心情をより深く理解できるのではないでしょうか。

たとえば私が先に書いた、一夫多妻制が前提であったなら、「どうも腑に落ちない」といった部分。それは「女三宮の降嫁によって、なぜ紫の上があれほど衝撃を受け、寝込んでしまうほど憔悴していったのか」という疑問でした。多妻が前提であれば、これまでも複数いた源氏の〝妻〟が一人増えるだけではないだろうか、と。

しかしこの部分を一夫一婦制を前提に読むならば、納得がいく気がします。それは、高貴な出自と親の庇護をもたなかった紫の上は、光源氏から愛され〝正妻のような立場〟にはあっても、決して正妻にはなれなかった。そこへ身分が高くしかも自分よりかなり若い姫君を彼が正妻に迎えたのですから、ショックを受けないはずはありません。それは単なる嫉妬というだけではなく、六条院での存在が脅かされてしまう不安感、自分は単なる内縁の一人にすぎなかったのだという絶望感……、そうした諸々の衝撃に紫の上の心が折れてしまったのだと思います。

待つ女・愛人たちの焦燥と嫉妬

恋のイニシアティブは男性にあった

自由な男女の愛人関係であれば、こうした苦悩は味わわずにすんだのでしょうか？　紫式部は、そうとばかりはいえない愛人ゆえの脆い存在も描いています。

図の中で「愛人」としたのは、継続的な関わりというより一時的な恋愛感情で光源氏と関係をもっていた女性たち。六条御息所や夕顔がこれにあたります。この関係はスリリングなものの何の保証もなく、男性が女性のもとに通ってこなくなったら（こういう状態を夜離れといいます）、それでお終い。そのままフェイドアウトしてしまう極めて不安定なものです。男女とも恋のいろはを学んだり、トキメキを体験するには必要なプロセスといえますが、そこで不公平なのはイニシアティブが常に男性にあることです。

平安時代の高貴な身分の女性たちは館の奥深くで暮らし、気軽に人と会ったり顔を見せたりはしないという話は前に書きました。それだけではなく、特別な行事や社寺参りなどのイベントでもない限り、女性が外に出かけるなどという機会はなかったのです。男性はあちらの女性、こちらの女性と訪ね歩いていたのに、女君たちはただ訪れを待つだけ。自分から会いに行ったり、まして男を追っかけたりなどできなかったという、なんと不自由で不平等な時代だったことでしょう！

そこで数々の切ない恋物語が生まれたわけですが、同時に苦しみも生まれました。『蜻蛉日記』など、平安期の女性の日記や歌には、そうした〝待つ女〟の想い煩う姿や怒り、嫉妬心などが色濃く反映されています。『源氏物語』の中でもこういう背景を知ると、光源氏の心が自分から離れたことによる六条御息所の苦悩や執着心も、分かる気がしませんか？ きっと怨霊にまでなってしまうほど愛を求める気持ちが強い人だったのでしょうね。

夫には許されても、妻の不倫は罪だった

では、正妻の場合は生涯安泰かというと、そうでもなさそうです。

先に紹介した工藤重矩氏の『源氏物語の結婚』によると、離婚に関しても法律で明

確に示されており、残念ながらここでもイニシアティブは男性の側にありました。次の七つの条件のうちどれかに該当すれば、夫は妻を離縁することができるとされていたのです。その七つとは、

一、男児が生まれない。二、姦通した。三、舅姑《きゅうこ》（夫の両親）に仕えない。四、多言（夫の仕事に口出しすること、あるいは人を罪に陥れるような類のお喋り）。五、盗み。六、嫉妬。七、悪疾《あくしつ》（たちが悪く治りにくい病気）。（「戸令の規定」『源氏物語の結婚』）

これでも、妻の側にも多少の配慮はされていて、たとえば位の低い夫に妻側が経済的援助をして出世した場合や、離縁された妻の引き取り手がない場合などは、棄妻（妻を棄てること）してはならないとされています。

逆に妻からの離婚申し立てはかなり難しかったようで、今の私たちが見たらまったくひどい法律です。これでも分かるように、男性は結婚していても何人もの愛人をもつのが普通だったのに対し、妻の不倫や姦通は罪とみなされ離婚の対象となりました。

現実は厳しくても、心は自由

『源氏物語』は、このような女性にとって生き辛い時代を背景に生まれた文学です。一見優雅に見える王朝文化においても、女性の生き方には多くの枷《かせ》があり、恋愛や結婚、経済活動（仕事）、日々の行動などにおける自己決定権や能動性は極めて制限されたものだったのです。でもそうした見方は、近代的な意識をもった今の私たちだから言えることかもしれません。千年前の女性たちはそのような状況を受け入れ、制約の多い日常の中で精一杯自分の心を生きていたのではないでしょうか。美しい衣装の色を選び、自分ならではの香りを調合し、思いのたけを歌に託して、自らの世界を表現していたのだと思います。

紫式部も『紫式部日記』や『紫式部集』の歌の中で、この世の理不尽さやわが身の辛さ、無力さを嘆きつつ、でも物語を読むことで救われてきた体験を綴っています。彼女にとって物語こそが、唯一心の自由を味わえる世界だったのです。さらに自身が物語作家となって後、『源氏物語』の中で光源氏にこう語らせています。「事実ではないにしても、この世を生きている人のあり様を、心にしまっておけなくて伝え始めたもの、後の世にもずっと語り継がれてほしいと感じるような事柄。それが物語というものです」（「蛍」の巻）。彼女は『源氏物語』を通して貴族社会に身を置く女性たちの厳しい現実を描くと同時に、それを超えた彼方を見据えようとしていたのではないでしょうか。

色彩が重要な役割を果たした
ファーストコンタクト

最初のアプローチ、ラブレターは色がポイント

貴族社会の中でも階級による身分格差があり、結婚はより上に上がるための手段であったことは前述のとおりですが、ここではその男女の結びつきに色彩がどのような役割を果たしていたのかについてお話ししましょう。それを知ると、なぜあのように豊かな色彩文化が生まれたのか、王朝貴族たちにとっていかに色彩が大事だったかが理解できると思います。

男女の出会いの多くは、まず何気ない噂話や男性同士の雑談から情報を得ることによって始まります。『源氏物語』でいうと、若い貴公子たちが女性談義を繰り広げる「雨夜の品定め」のような感じで、「あの館には、高貴で美しい姫君がいるらしい」とか「上

級貴族の○○様には、妙齢の娘が二人もいるようだ」といった噂を耳にし、男性たちはさっそくアプローチの態勢に入ります。そもそも顔を見たこともなければ話をしたこともない相手ですから、とにかく当たってみるしかないわけです。

そのためのファーストコンタクトは、まず男性から目当ての女性に和歌を送ること。例えば「今日さへやひく人もなき水隠れに生ふるあやめのねのみなかれん（水に隠れている菖蒲の根のように、あなたに相手にされない私は泣いているしかないのでしょうか）」。（「蛍」の巻、玉鬘宛ての恋文）のように、さり気なく、品よく「あなたとお近づきになりたい」というメッセージを発します。その際に、和歌の内容はもちろんのこと、色彩が大きな役割を果たすのです。というのは当時、和歌をしたためる際には白い紙はあまり使われず、草木で染めた色の紙（料紙といいます）に記し、季節の花や枝に添えて送る習わしがありました。

そうして受け取った側は、歌の内容の良し悪しはもちろん、紙の色と花の取り合わせなども相手を判断する材料となります。判断するのは姫君が直接というより、まずは傍に仕える乳母や女房たち。女房というのは、高貴な女性に仕える女性たちのことで、育ちが良く教養も高い選りすぐりの者が選ばれ、主人の話し相手になったり必要なアドバイスをしたりなどの役割を担っていました。のちに詳しくのべますが、紫式部も清少納言も女房として宮中に出仕していた人です。このような才媛たちが目を光らせているのですから、チェックの厳しさは想像がつくというものでしょう。

和歌のセンスや筆遣いが悪ければ、「教養がない」ということでNGになったでしょうし、紙の色が時節や歌の内容に沿っていなければ、「何、この色？　美しくないわね」とか、「季節外れの色を選ぶなんてどうかと思うわ」などと捨て置かれたかもしれません。

また紙の色と折り枝（手紙を添える花や枝のこと）の取り合わせも大事な要素で、たとえば、春には浅葱《あさぎ》色の紙を柳の小枝に結びつけて送るとか、冬には紅梅色の文を紅梅の花咲く枝に添えて渡すなどは合格ですが、その取り合わせがちぐはぐだと、評価が低くなるわけです。

現代は、花屋に行けば季節外れの花も手に入る時代ですから、秋の季節でもチューリップの花束にメッセージを添えて贈ることは普通にあると思いますが、平安時代であればたちまち「季節感がずれていてセンスがない人」と判断されてしまったことでしょう。もしかしたら女房たちのお眼鏡にかなわず、姫の手元にさえ届かなかったかもしれません。

このように、最初の関門から色彩が大きく関わっていたのです。

顔を見られない相手を衣装の色で推測

さらにそのハードルをクリアして、幾度かの文（和歌）のやり取りを経て、直接話ができる機会を得たとしましょう。その場合も、高貴な女性が男性に直に顔を見せることはありませんから、話せたとしても御簾や几帳ごし、しかも最初は女房を介しての間接的な会話ということもあったでしょう。こういったシーンでもまた、色彩がポイントとなります。どういうことかというと、女性が御簾の内側に姿を隠していても、そのときのお召し物の裾や袖、つまり重ね色目を御簾の下に流して出し見えるようにするという習慣があったからです。これを「出衣《いだしぎぬ》」といって、絵巻などにもそうした様子が描かれています。

この出衣を見て、男性のほうは相手がどのような女性なのか色から想像することができたでしょうし、相手を見極める材料にもなったかもしれません。「この姫は季節にそぐわない重ねを着ているな」とか、「ちぐはぐな色の取り合わせからして、あまり趣味がよくない女性かも……」といったように、男性にとっても色彩という限られた情報がひとつの判断材料となっていた可能性があります。

男女が直接会って相手と話をすることなど極めて珍しく、とくに高貴な女性は館の奥で暮らすか、人と接するときも極力顔を見られないように檜扇で顔を隠していたのですから、自分の意志で外出してデートをするなど考えられない時代だったのです。といっても、現代でも女性はベールで顔を隠し自由な外出もままならない宗教もありますが……。

ついでに触れると、平安時代の女性が外出する場合、牛車《ぎっしゃ》に乗って移動していたのですが、その際にも女性は十二単衣の裾などを牛車の御簾の下から垂らすという出衣の習慣がありました。人々はそれを見て「あれは○○様のご息女じゃないか」とか「紅や紫が見えるからきっと天皇家に関わる姫君に違いない」などと、思いを巡らせていたようです。

このような出衣の話は、『源氏物語』のみならず平安文学や日記の中でも度々描かれているので、人々は姿を見ることができない相手をこのような方法で推測していたのだということを覚えておくとよいでしょう。

いかがでしょうか、自分の将来を決定づけるかもしれない相手との出会いにも、このような形で色彩が関わっていたと、知っていただけたでしょうか？　だからこそ、平安貴族たちは色彩に対する関心も高く、また感性も豊かだったのだと思います。もちろん和歌のやり取りや出衣については、色彩だけでなく紙や衣装にたきしめられた香《こう》も大切な要素でした。香りに関してはまた後に触れていくとして、いずれにしても研ぎ澄まされた五感をもつ平安人たちは、そこから何かを感じとるセンサーが今の私たちよりずっと優れていたように思います。

女房たちの心をわしづかみにしたラブレターの色は？

色の紙にしたためられた文を、季節の草花に添えて

男女の間を結ぶコミュニケーションツールである恋文の色について、『源氏物語』や『枕草子』の中から少し具体例を紹介していきましょう。

五月雨の夜、貴公子たちが集って退屈まぎれに女性談義を繰り広げる「雨夜の品定め」が始まったのは、そもそも光源氏に来た恋文がきっかけでした。親友の頭の中将が源氏の文箱の中にいろいろな色の紙にしたためられた手紙があるのを見て、「こんなにあるの！　僕にも読ませてよ」と、手にとって拾い読みしながら誰からの恋文か相手を当て推量し始め、やがて恋愛遍歴の話に移っていくのです。ここで、〝いろいろな色の紙〟という描写があることで、いろいろな女性から送られてきたことが暗示され、光源氏がいかにモテるかを伝える効果を果たしているわけです。

定価：2,420円
（本体2,200円 税10%）

亜紀書房
TEL 03-5280-0261
FAX 03-5280-0263

江崎泰子 著

色彩から読み解く「源氏物語」

冊

注文数

注文カード

色彩・古典

書店名・帖合

芸術・文芸

定価
税 10%

9784750518442

ISBN978-4-7505-1844-2
C0070 ¥2200E

『源氏物語』ではこのように男女の間での和歌や手紙のやりとりが多く描かれていま す。和歌の内容については本書ではあまり触れませんが、用いられている紙の色は、紫、空色、縹《はなだ》色、青、緑、胡桃《くるみ》色、檜皮《ひわだ》色、紅、赤、鈍《にび》色、青鈍色、黒、白……など。同じ紅でも桜色から蘇芳《すおう》色といったそれぞれの色の濃淡まで含めると、ほぼすべての色が使われています。

また紙を結んだり添えたりする植物を〝折り枝〟といいますが、折り枝には、朝顔、萩、撫子、菊、紅梅、藤、紅葉、松、菖蒲、桜……などが選ばれ、紙の色と同色で合わせるのが基本でした。

これらを、文の内容や相手、季節によってさまざまに組み合わせて送るのです。たとえば、葵の上が亡くなった後に六条御息所から源氏の元にお悔やみの手紙が送られてきますが、それは白菊に青鈍色（青みのグレイ）の手紙が添えられたものでした。当時の喪の色である鈍色に晩秋の菊の取り合わせは、哀悼の気持ちを表すのにいかにも相応しい選択といえるでしょう。

一方、恋のやりとりによく使われていたのが、紅色の薄様《うすよう》でした。薄い紙を二枚重ねて使うことも多く、その組み合わせは桜重ねのようなほんのりしたピンク色になり墨文字も映えたはずです。光源氏と結婚し夜を共に過ごした後に、女三宮が源氏に出した文はこの紅の薄様でした。しかしいかにものお約束どおりの色選びと歌の内容に、彼はかえって彼女の幼さを感じてしまいます。恋の達人光源氏は定型を踏まえつつひとひねりした工夫と、〝その人らしさ〟を評価する厳しい目をもった人だったことが、この反応からもうかがえますね。

返事を出し渋った明石の上

そんな源氏が女性にアプローチするときには、どんな色の紙を使ったのでしょうか。後に彼の娘を生むことになる明石の上と結ばれるきっかけになった、最初の頃のやりとりを見てみましょう。

源氏が自分の身の不始末をきっかけに都から須磨に落ちのび、謹慎生活を送っているときに地方の有力者、明石の入道から娘と近づきになるよう勧められます。独り身の寂しさも手伝って次第にその気になっていった源氏が彼女に最初に出した手紙は、「高麗の胡桃色の紙」に書かれていました。胡桃色は赤みがかった薄茶色で、高麗の紙は舶来品の高級なもの。この選択はそれなりの質の高さはあるけれど、とくに感情が伝わってくるような感じではない、まずは品の良いご機嫌うかがいといったところでしょうか。

それに対し明石の上はなかなか返事を出そうとしません。都の貴公子の一時の慰み者になるのはイヤで、簡単に応じる気にはなれなかったのです。途中で痺れをきらした父親が代筆したりもしますが、結局気の進まないまま出した返事は、「香をたきしめた紫の紙」に流麗な文字で書かれた返歌でした。

この場合の紫には、高貴な相手に対する礼儀的なものとともに「田舎の娘だからと見下されたくない」という気持ちが働いていたのかもしれません。このときの明石の上の、都の高貴な女性にも劣らない見事な対応や筆遣い、歌の内容にすっかり魅了された源氏は、彼女の元に通うことになるのです。

このように男女の文や和歌のやりとりには、相手を値踏みしたり気持ちを推し量ったりする要素が含まれ、それを的確に読み取る〝能力〟が備わっていてこそ、恋の上級者になりえたのだと思います。

最後に、私のお気に入りの恋文の話をひとつ。『枕草子』に書かれているエピソードです。

ひどく暑い夏の昼下がり。女房達が集まって、どうしたら涼しくなるかしらと扇で盛んにあおいだり、氷水に手を浸したりして、「もう、この暑さときたらたまんないわね〜」といった感じで騒いでいます（ちなみに当時、夏の京都で氷が手に入るなんて、相当な特権階級です）。そこへある男性からラブレターが届くのですが、その手紙というのが真っ赤な色の薄様の紙に書かれ、真っ赤な唐撫子の花に結び付けられたものでした。それを見た女房たち一同、驚きます。

「こんな暑いときに、よくこの（暑苦しい）色を選んだわね！」と。それだけに、並々ならぬ男の熱い想いを感じ取って、扇いでいた扇も思わず取り落としそうになった、というお話です。

今も昔も、赤という色は暖かさや暑さといった生理的な感覚だけではなく、情熱やエネルギーといった心理的な熱量も感じさせる色なのですね。平安の時代も、和歌や文を送る際の作法や常識はあれど、それを上回るほどの気持ちが伝わってくることに、もっとも心を動かされたのかもしれません。

色、香り、歌……王朝人が好む〝ほのかな美〟

暗闇の中、香りで相手を察知する

直接、顔を見ないまま始まる男女の関係において、衣装の色や文のセンスは相手を値踏みし、恋愛に進展するかどうかの大事な要素であったことを伝えてきましたが、そこにもうひとつ加えるものがあるとしたら、「香り」です。

平安貴族たちは、それぞれに自分の香りをもっていました。それは煉香《ねりこう》といわれるもので、主に中国から輸入した白檀や丁子、乳香などの香材を粉末にして蜜や墨などを混ぜ丸く練り合わせたもの。それを何日間か土中に埋めて使用していたと伝えられます。その調合はそれぞれの家の秘伝とされていただけでなく、各人が自分だけの香りをブレンドし作り出したりしていました。それを、居室の中でくゆらせたり、着物や手紙を送る紙にたきしめたりして愛好していたのです。

夜、男性が女性のところに忍んで来る際、暗闇の中で衣装の色などはよく見えないわけですから、視覚に代わって嗅覚、つまり着物にたきしめられた香の香りが相手を感じとる大事な情報となったことでしょう。『源氏物語』でも男女の出会いのシーンをはじめ香りについて触れた箇所が随所に見られます。

たとえば「空蝉」の巻では、人妻である彼女の寝所に入り込み関係をもとうとしたのが光源氏であることに、侍女が気づいてしまうのですが、それは彼の衣服にしみ込んだ香の香りが辺り一面に漂っていたことからでした。しかし次の時は、光源氏の気配を察知した空蝉が薄絹の衣を一枚残して逃げてしまいます。それで彼は仕方なく、残り香のするその衣を持ち帰り傍において彼女を忍んだことが描かれています。

このように王朝人は、色彩と同様に香りもその人のパーソナリティを表す重要な要素と捉えていました。香りに関しては、当時の衛生環境が悪かったため消臭の役割を果たしていたともいわれていますが、それだけではなくやはり研ぎ澄まされた五感によって、豊かな文化を築いていった彼らの美意識が根底にあったのだと思います。

それを物語るように、同じ香りでも西洋の香水のように強烈なものではなく、あくまでも「ほのかな」香りが好まれました。光源氏も物語の中で、「空に焚くは、いづくの煙ぞと思ひわかれぬこそよけれ（室内で焚く香は、どこから薫ってくるか分からないくらいに焚くのが良い）」（「鈴虫」の巻）と、こだわりを述べています。

移ろいの美に通じるグラデーション配色

この頃の和歌や文もまた用件や気持ちをはっきり伝えるのではなく、「ほのめかす」程度にとどめておくのが趣きがあって良いとされていました。プライベートな文といっても、女房や仕えの者などいろいろな人の手を経て相手に渡るので、他人に見られて政治的に利用されたりスキャンダルにならないようにとの警戒心もあったでしょう。でもそれ以上に、ひと言では言い表せない思いを、季節の移り変わりや自然に託して伝えるのが教養であり、洗練された言語表現であると思われていたのです。

その美意識はまた、色の使い方にも表れています。『源氏物語』の中にも出てくる、重ね色目の種類を表す言葉に「匂い」というのがあります。「匂い」というのは、グラデーションのことをさし、重ね色目を語る上での大事なキーワードです。たとえば「紅梅の匂いに柳の細長」といえば、ピンクのような明るい紅梅色からワインレッドのような濃い紅梅色まで、同じ色相の色を何種類か重ねて、その上に黄緑系の細長を着るコーディネートを表しています。「匂い」という表現を使わなくても、「紅梅にやあらむ、濃き薄きすぎすぎに、あまた重なりたる」（紅梅色の濃いのから薄いのまでいろいろと重ねて）というように書かれていることもあります。

どちらも、色彩の美しさをグラデーションで見せていることの描写で、平安の貴族たちはこの「匂い」の感覚をとても大切にしました。それは色彩学的に見ても高度なテクニックといえるでしょう。前述の例でいうと、紅梅色と黄緑二色を組み合わせてはっきりした、でも単純といえば単純な対比配色を作るのではなく、ひとつの色の階調を微妙に変えながら複雑な美を作り出す技といったらよいでしょうか。彼らはそうした色遣いによる効果を、熟知していたように思われます。そのデリケートな感覚は、自然を愛で日々移り変わっていく四季の廻りの中に自らの心を重ねた、〝うつろいの美学〟と通じるものなのかもしれません。

宮廷を彩るマスコット、女童たちの装い

女童の装いに気を配るのも女主人の役割

上級貴族の女性たちは自分自身がまとう衣装の色だけに気を配っていたわけではありません。お付きの者の装いも含め女主人のセンスが問われていたのです。とくに宮中のイベントや祭事など注目を浴びるような際には、トータルコーディネート力が要求されます。たとえていうなら、ステージの中央に立つスターである自分だけでなく、背景のバックダンサーの衣装も含めて演出し、統一感や主役を引き立たせる効果を作り出せているかといったところでしょうか。

お付きの者の筆頭は、女童《めのわらわ》と呼ばれる七歳から十四、五歳くらいの少女たちで、妃や上級貴族の女性たちは女房の他に複数人の女童を召し抱えていました。いずれも出自が良く、見目も麗しい者が選ばれ、ちょっとした雑用やお使いなどを行っていまし

たが、それよりも美しく着飾り、女主人の周辺を華やかに彩るという役割が大きかったようです。いわば、宮廷サロンのマスコット的存在であり、空間演出の一部といったらよいでしょうか。

訪れた人や通ってくる男性たちも、色とりどりの衣装を身に着けた少女たちの可憐な姿に目を細めたでしょうし、また彼女たちにとっても女主人の下で生活習慣や文化、教養を身に着け、やがて立派な女房として成長していくプロセスでもありました。

とにかくこうした宮廷を彩る女童たちをコーディネートするのは女主人の役割であり、そのために季節にあった衣装を用意するのは大事なことでした。『源氏物語』でも、そうした光景が随所に描かれています。

「野分《のわき》」の巻の場面をご紹介しましょう。

秋のはじめ、前の晩に吹き荒れた野分（台風）が去った翌朝、源氏は息子、夕霧を女性たちの元へ台風見舞いにやります。中のひとり秋好中宮《あきこのむちゅうぐう》（六条御息所の娘）の邸宅では、ちょうど女童たちが庭に出て籠の虫に葉の露を取り与えていたところでした。

そのときの衣装が「紫苑《しおん》、撫子《なでしこ》、濃き薄き袙《あこめ》どもに、女郎花《おみなえし》の汗衫《かざみ》などやうの、時にあひたるさまにて」と描写されています。袙や汗衫はいずれも少女が重ねて着用する衣装の名称で、今の言葉で解説すると、「女童たちは、可憐な紫苑の花を連想させる薄紫と緑の重ねや、ピンクと薄緑の撫子の重ね、あるいは桔梗を思わせる濃い紫から薄い紫のグラデーションの重ねを着て、それらの上に女郎花色（青みの黄色）の上着を身に着けている」となり、さながら庭に咲く秋の草花のようです。そしてその様子は夕霧の目にも、「この季節にとてもよく合っている」と映ったのでした。

初秋の風情漂う美しいシーンですが、それにしてもお付きの女の子たちのために何種類ものコーディネートを考えるのも大変なことですね。

下仕えの者にまで行き届いていた、作者の眼差し

もうひとつ紹介するのは、五月の端午の節句の際に行われたイベントのシーンです。現在、五月三日に京都の下鴨神社で馬に乗って騎乗で矢を射る流鏑馬《やぶさめ》という行事が行われていますが、同様の神事が平安時代に既にあり、物語の中でも大勢の見物客が馬場に押し寄せている様子が描かれています。玉鬘や花散里も見物に来ているのですが、彼女たちは姿を見られないように周囲に御簾をかけ渡して、内側から覗き見るだけ。周りではお付きの女童たちが忙しく立ち働いています。

玉鬘の女童の衣装は「菖蒲重ねの衵に二藍の汗衫」、つまり表が淡い青、裏に赤の

重ねで光を透かすと菖蒲の花のような紫を思わせる配色で、その上にまた紫の上着を着用しているという装い。加えて四人いる下仕えの者も薄紫と若葉色の衣装。一方、花散里の女童たちは、濃い紫の単に撫子重ね（ピンクと緑）。どちらも汗衫と呼ばれる上着で正装していて、少女たちが精一杯のオシャレをして注目を浴びていることがうかがえます。

女童たちが注目を浴びるということは、それをお膳立てした女主人のコーディネート力が評価されるということでもあります。幸いこの時の衣装は、どちらも「端午の節句に相応しい装い」として記されていますが、もしも「時節に合わない」選択であれば、当然評判を落としたことでしょう。

とはいえ実際は、物語の中でこうしたシーンを設定し、女童から下仕えの者まで、彼女たちが端午の節句の日に何を着るのが相応しいか考え、色を描写しているのはいうまでもなく作者である紫式部自身です。もしかしたら、女房として宮中に出仕していたときに、こうした行事やそこに集う人々を目にしていたのかもしれません。五章で詳しく述べますが、女房という職業は、宮仕えの中で諸々のことに触れ、さまざまな人と接したり見たりする機会が多い役職です。周囲から顔を見られる機会もあり、それだけに女性としては〝恥ずべき職業〟とされていた一面もありました。でも〝見られる〟ことが多いというのは、逆に言えば〝見る〟機会も多いということです。紫式部はきっと宮中での日常のみならず、折々に目にした事象のひとつひとつを観察し、目に焼き付けていたのでしょう。その眼差しは必ずしも女主人たちの晴れやかな姿だけではなく、今回紹介した二つの場面のように、女童や下々の者たちにも向けられていました。

『源氏物語』の中で展開される見事な演出や細部にわたる描写は、紫式部の作家としての観察眼と、豊かな想像力とによって紡がれた壮麗な織物のようです。

平安貴族はどのように喜怒哀楽を表現していたか

光源氏は怒りの感情を出さなかった

香りも色彩も、そして和歌や文の内容も、直截ではないもの、ほのかに感じさせるものこそ風雅な趣きがあるという王朝人の感覚。その洗練された文化は素晴らしいと思いますが、でもたまには言いたいことを直接伝えたり、感情を爆発させてしまうことはなかったのでしょうか。気持ちを内にため込み過ぎるとストレスが積もりそうな気もするのですが……。

『源氏物語』についていうと、直接的な感情の発露はほとんど描かれていません。男女間での恋しい、愛しいという気持ちもそのまま表すのではなく、何かに託して表現されますし、まして怒りや嫉妬などのネガティブな感情を相手にぶつけるなどは、はしたないことであり慎みがない行為とみなされていたのでしょう。

女君たちは、光源氏との関係で苦しみや憂い、悩みを抱えていたに違いありませんが、それを表したり口に出すことはないのです。唯一、六条御息所が、光源氏の心が自分から離れ別の女性のところに通っていることを察して、嫉妬や焦燥感を覚えるのですが、プライドの高さが邪魔をして直接それをぶつけることはありません。しかし表に出せない感情はより深く内向し、抑圧された暗い情念がとうとう物の怪という現象を生んでしまったという話は、二章で記したとおりです。

一方で、男も女もよく泣きます。女君たちは辛いことがあると伏して泣き崩れ、須磨で謹慎生活をおくっていたときの光源氏は自分の身を憐れみ、都を忍んでしばしば涙を流し、それを見ている従者の男性たちもまた涙を抑えることはありません。とにかく『源氏物語』全編を通して、誰もが美しいと感動しては涙を流し、哀れを感じては袖を濡らしたりします。どうも「泣く」「悲しむ」「哀れを覚える」という感情の発露は、男女ともに慎むべきことではなかったようです。それは多分に、平安貴族たちの情緒の根底にあった「もののあわれ」という感受性とつながっていたからかもしれません。

それに対して「怒り」の感情を露わにすることは、洗練された大人の振る舞いとはみなされなかったのでしょう。光源氏が妻である女三宮と柏木の密通を知り、激しい憤怒にかられても決してそれをあからさまにぶつけることはなく、心理的に相手をじわじわと追い込んで死に至らしめたことは既に二章で紹介したとおりです。個人的には、怒り狂われるよりもこちらのほうがよほど怖いと思うのですが……。

この時代にも史実では、怒りや嫉妬から来る刃傷沙汰はあったようですが、国を揺るがすような戦はありません。暴力によって直接手を下さない代わりに、恨みを持つ相手を呪詛《じゅそ》する（まじないによって呪い殺す）という方法は少なからずとられていたようですが。

とはいえ、怒りや恨みの感情は容易に攻撃や戦いに発展しかねない破壊性を有しているので、それをコントロールすることで武力によらない平安な時代が四百年にわたり続いたともいえるでしょう。

我慢しない妻たちの場合

そんな中、『源氏物語』にはあっぱれなほど男に怒りをぶつけた女性たちも描かれています。

一人は、鬚黒の大将の正妻にあたる人です。妻がありながら玉鬘にすっかりのぼせ上がっている夫を見て苛立ちがつのったのか、香を焚きしめいそいそと玉鬘に会いに行く支度をしている夫の背中に、突然香炉の灰を浴びせかけるのです。彼の衣装は灰まみれになってしまい、結局、その日は外出を取りやめたと記されています。女性としてはちょっと胸のすくようなエピソードですね。

もう一人は、光源氏と葵の上の息子である夕霧とその妻、雲居雁《くもいのかり》の場合。二人は幼馴染で相思相愛。貴族社会では珍しく家主導ではなく本人同士の希望で結婚を果たしたカップルです。夕霧は父である光源氏とは違って、融通が利かないくらいの真面目人間。しかしその彼が親友だった柏木の未亡人に惚れ、妻を顧みないほどに夢中になってしまうのです。深く傷ついた雲居雁は、黙って夫の心が戻るのを待っていたりはしません。当然のように怒って、子どもを連れさっさと実家に帰ってしまうのです。その後、夕霧が迎えに行っても知らん顔、実家から戻ることはありませんでした。

二つとも主題の流れから少し離れた小さなエピソードですが、紫式部は奥ゆかしい女君たちだけではなく、このように自分の意志や感情をはっきりと表す女性たちも描いているのです。それはもしかしたら、彼女自身の、いえ女性たち全体の密かな願望だったのではないでしょうか。

貴族たちの自己表現が、王朝文化を成熟させた

ここまで、平安貴族たちが喜怒哀楽をどのように表しているか、感情表現について述べてきました。本書のテーマである色彩とは一見関係ないように思われるかもしれませんが、じつは深く関わっていることなのです。

ひとつには、直截に気持ちを表すことがあまりなかったからこそ、衣装の色や和歌、香りなどを通して自らの心を伝えていたのだということ。それらは感情の発露であり、自己表現の手段でもあったわけで、それ故に研ぎ澄まされ、磨かれ、高度な王朝文化へと成熟していったのだといえるでしょう。

もうひとつは、私自身が携わってきた色彩心理の視点から見ると、紫式部は一人ひとりの登場人物の心理傾向（性格）や心の状態（感情）に合わせて、衣装の色などを選んでいるように思えるからです。言葉で語られない部分を、色で語らせているといったらいいでしょうか。

とくに物語の終盤、光源氏や紫の上をはじめ主だった人たちの運命の糸が交錯し、六条院の栄光が陰っていく中で、主人公たちの内面も大きく変化していきます。その気持ちや感情の変遷を、作者はここでもまた色彩の変化を通して伝えているのです。

詳しい内容は、第四章「色で辿る登場人物たちのその後」を読んでいただければと

思いますが、ここでは光源氏や女君たちを彩る色彩と、各々の感情が呼応するように描かれているのだということを、心に留めておいてもらえればと思います。

心の深層へとつながる絵、音楽、夢

光源氏のアートセラピー

これまで、男女間の恋のやりとりや結婚に重要な役割を果たす色彩について述べてきました。色彩と同様、平安貴族にとって和歌や香、絵や音楽などの文化に精通し教養や技術を磨くのはたしなみであると同時に、異性や貴族社会における評価につながるのだと。いってみれば、それらは自分の気持ちを外に向けてアウトプットし誰かに受け止めてもらうための表現です。そうした中で、『源氏物語』では珍しく自分のためだけの、自己の内面と向き合うための表現も描かれています。

それがもっともよく表れているのが、「須磨」と「明石」の巻です。

この二つには、三年近くにわたり光源氏が都を離れ、地方でひとり謹慎生活を送っていた時期のことが書かれています。それまでは天皇の子息として順調に出世し、多くの女性たちと関わりをもつ華やかな生活を送っていた彼が、女性関係の不始末がきっかけでごく少数の供の者を連れ、うらびれた漁村での詫び住まいを余儀なくされていたときのこと。

見るもの、聞くもの、接する人々もこれまで知らなかった田舎の風情で、「どうしてこのようなことになったのか」とくよくよと思い悩む日々。都から訪ねてくる人もほとんどなく、話し相手もいない毎日で、心が晴れることはありません。

そうした暮らしの中で、源氏はこれまでになく楽器を手にとってはつれづれに弾きならし、絵を描いては塞ぎがちな心を慰めているのでした。以前は異性を魅了したり周囲の者から好評価を得ることが目的だったのが、ここでは聴く人も見る人もいない中、自分のためだけに楽器を爪弾き、絵筆を手にとっているのです。今の言葉で表すならば、心を癒すためのミュージックセラピーやアートセラピーといったところでしょうか。

そうした意味では、物語全体から見てもこのあたりの巻はトーンが違っているように思われます。どういうことかというと、それ以前のストーリーでは貴族社会の人間関係において起きる出来事を通して、それぞれの登場人物の喜怒哀楽が描かれています。でも、この「須磨」や「明石」の巻では紫式部の目線が完全に光源氏の内面にフォーカスされているのです。「自信満々で気高く美しい光源氏」ではなく、「くよくよと思い煩い世を憂う光源氏」が描かれ、そんな自分と向き合う手だてとして音楽や描画が位置づけられているように感じます。

紫の上と日記のように絵を描き送り合う

では実際、彼はどのような音楽を奏で、どんな絵を描いていたのでしょうか。

まず音楽についてひとつ例をあげると、十五夜の月を見て宮中での管弦の遊び（音楽会）を恋しく思い出しながら琴《きん》を弾くシーンがあり、風にのって海上にまで聞こえるその調べは、「物の音の心細さとり集め、心あるかぎりみな泣きにけり（楽器の音色の心細い感じに、聞いた者は皆涙を禁じ得ない）」と記されています。

他にも、我が身の「あはれ（あわれ）」を覚えた源氏が、琴を取り出して弾き始める場面があり、いずれも彼の切ない心が音の調べとなって周囲に響きわたる様が、読む者の哀切を誘う描写となっています。

一方、絵のほうはどうかというと、これは残念ながら具体的にどのようなものが描かれたのか、ほとんど触れられていないのです。長い間、色彩を使ったアートセラピーを行ってきた私としては、もっとも知りたいところだったのですが、光源氏がどんな色を使って、どんな絵を描いたのか、想像するしかありません。ただ文中には、心の向くままにいろいろな絵を描いて、それを屏風の表に貼り合わせたと書かれているのと、「磯のたたずまひ、二なく書き集めたまへり（近隣の海の景色をたくさん写し取り）」、その墨描きは見事なものであったと付け加えられています。これを要約すると、周囲の景色をスケッチし墨を用いて風景画を描いたということなのでしょう。

ちょうど『源氏物語』が書かれたこの頃は、遣唐使の廃止などによってそれまで中国から入ってきていた文化が、日本独自の様式へと発展してきた時代でした。重ね色目に代表される色彩もそうですし、装束の文様なども日本風にアレンジされるなど、唐様文化から和様文化が花開いていった時期です。

絵や工芸品もまた、以前は中国の水墨画の影響を強く受けていたのが、「大和絵」と呼ばれる日本的な表現様式が発展してきます。見たこともない国の深山幽谷の景色や仙人などを描くより、身近な、日本人の感覚に沿うものをモチーフとするようになったのです。それで四季折々の草花や大和心をそそる景色、貴族の暮らしや庶民の日常を題材にした絵が描かれるようになります。これらを総じて「大和絵」と呼び、やがて優れた絵巻物や屛風絵、襖絵などが生み出されるようになるのです。

光源氏もこうした和様文化を背景に、目の前の風景などを描いたのではないでしょうか。さらにその後も、ひとり寝の夜の寂しさにさまざまな絵を描き、その上に歌を書きつけて紫の上に送ったりします。そして紫の上もまた切ない心の慰めに絵を描き、日記のようにして源氏に送ったと記されています。

このように、言葉だけではとても表しきれない心のつれづれを、絵によって伝え合っていたというのはとても興味深いことです。

ユング心理学から見た光源氏の夢

私たちが行っているアートセラピーでは、「絵は言葉にならない心の表現」という捉え方をしています。また自由に描いた絵から、これまで意識しなかった奥深い自分の感情や欲求に気づくことがあるという意味で、「無意識のメッセージ」と見ることがあります。

心理学者・河合隼雄氏もその著書『源氏物語と日本人』の中で、「須磨」と「明石」の巻で「注目すべきことは、源氏がたくさんの絵を描いていることである」と述べられ、続けて「おそらく、彼の心情は言語のみでは表すことができず、絵画によってこそ表現できる点も多かったであろう」と書かれているのです。さらにユング派の分析家ならではの着眼点として、源氏が失意にあるこの時期に度々夢を見ていることを指摘されています。

確かに、夢の中に父帝が出てきたり、得体のしれない者が出現したり、先につながるお告げが示されたりと、夢のシーンが多く描かれているのは他の巻にはない特徴です。ユング心理学では、夢は無意識の表れであると解釈するので、このことからもこの時期は源氏がもっとも自身の深層とつながり、内省モードに入っていたといえるでしょう。

光源氏に限らず、人は深い悩みを抱えたり、失意の底にあるとき、ふさぎ込み、思い煩い、非力な自分に絶望すら覚えるときがあります。でも、そうして自分と向き合う時間の中に人としての成長の萌芽があるのではないでしょうか。

紫式部がここで、完璧な貴公子ではなく不安や悩みを抱え葛藤する〝人間・光源氏〟を描いたことは、主人公の成長プロセスとしても、また物語に深みを与えるという点においても大きな意味をもっていると思います。そして彼が自分の内面へとつながる回路として、絵や音楽や夢をもってきていること、その作者の鋭い直感力に今さらながら一読者としてひれ伏してしまいそうになるのでした。

四

色で辿る
登場人物たちのその後

女君たちのシンボルカラーが勢ぞろいした六条院のイベント

光源氏から女性たちへ、「正月の衣配り」

ここからは、二章で紹介した『源氏物語』の主だったヒロインたちがその後どうなったかについてのお話です。

これまで述べてきたように、紫式部はひとつの場面における空間演出や複数の登場人物の衣装を緻密に設計するだけではなく、時間の変化に伴う心の変化も色の推移で見せてくれています。女君たちのシンボルカラーは不変ではなく、大きな運命の波に呑み込まれ、人生の際に立たされたとき、彼女たちのまとう色もまた変化していくのです。それを辿るのに少し時間を巻き戻して、栄光に包まれた若き日の光源氏と女君たちの関係から振り返ってみましょう。

二章でも触れた、「正月の衣配《きぬくば》り」の場面です。ここは『源氏物語』中、もっとも華やかでしかも源氏がそれぞれの女性に対してどのような気持ちを抱いているかが伝わってくる、よく知られたエピソードのひとつです。

当時、財力や地位のある貴族の男性たちは年末になると、自分の愛人や近しい女性たちに新年の着物などを贈るという習慣がありました。年の暮れのお歳暮のようなものでしょうか。光源氏（このとき三五歳）も正妻格の紫の上を通して作らせた見事な衣装の数々を並べ、六条院に暮らす女性それぞれにどの色が相応しいか思案していきます。そうして選んだのが……次のような衣装です。

紫の上（二七歳）「葡萄染《えびぞ》めの小袿《こうちき》と今様色《いまよう》」（赤紫と紅色）
明石の上（二六歳）「白き小袿と濃き」（白と濃い紫）
花散里「浅縹《あさはなだ》の海賦《かいふ》の織物と掻練《かいねり》」（淡いブルーとその下に紅）
末摘花「柳の織物」（緑と白の柳重ね）
空蟬の尼君「青鈍《あおにび》に梔子《くちなし》・聴色《ゆるし》」（青みのグレイと黄色に淡い紅）
玉鬘（二一歳）「曇りなく赤きに山吹の花の細長」（赤と黄色の山吹重ね）
明石の姫君（七歳）「桜の細長・掻練」（桜重ねと濃い紅）

紫の上から空蝉までの五人は光源氏のかつての愛人や内縁関係にある女性たち。あとの二人、玉鬘は夕顔の娘で養女、明石の姫君は明石の上と源氏の間の娘で紫の上が育てている少女で、この若い二人には暖色系やピンクなどの晴れやかな色が与えられています。一方、内縁の女性たちの中で紅や赤紫といった艶めいた色が選ばれているのは紫の上だけで、それだけ彼女が源氏にとってもっとも愛しい女性であるという愛情表現として見ることができるでしょう。

紫の上、色彩から他の女性たちを想像する

ただし、紫の上の心中は穏やかではありません。衣配りの様子を横で見ながら、顔を合わせたこともない他の女性たちの器量や人柄を、源氏が選んだ色からあれこれと想像せずにはいられないのです。それを察した源氏からは「(衣装の色を見て)それとなく他の方の器量を推し量っているのでしょうが、人の内面はもっと深いものですから上辺だけでは分からないこともありますよ」などとたしなめられてしまいます。

紫の上も心の中を見透かされたようできまりが悪くなるのですが、やはり思い巡らさないではいられません。玉鬘の色を見て華やかな容貌の持ち主なのだろうと思い、とくに紫と白という特上の色を与えられた明石の上に対して、「これを着こなせるほ

ど気品があって美しく、素晴らしい方なのだろう」と嫉妬の感情が抑えようもなく湧いてくるのでした。

このあたり、色彩をきっかけにして沸き起こる紫の上の心のさざ波というか、はしたないと思いながらあれこれと想像してしまう胸の内がリアルに描かれていて、作者の卓越した場面設定と心理描写には感嘆してしまいます。今から千年前に、色彩の印象からパーソナリティを推測するという行為をこれほど見事に描写している人がいたなんて！　恐るべし、紫式部です。

女君たちの演奏会。それは春の夜の夢のごとし

平安時代には貴族たちの間でさまざまなイベントが催されます。絵合《えあわせ》、薫物合《たきものあわせ》、扇合《おうぎあわせ》、貝合《かいあわせ》、物語合《ものがたりあわせ》、歌合《うたあわせ》など、二手に分かれて競い合う遊戯文化がいろいろあったようです。さらに音楽を嗜む貴族たちにとって、楽器の演奏も日頃の腕前を披露する大切な機会でした。

『源氏物語』で描かれている「女楽《おんながく》」の集いもそんなひとコマです。

霞たなびき、暖かい風にのって咲き誇る梅のかぐわしい香り漂う早春の一月、四七

歳となった光源氏は、六条院に住まう女性たちに声をかけ「女楽」の会を催します。銘々が得意な楽器を手に合奏する私的な室内楽コンサートといったらよいでしょうか。このときの場面がまた一幅の絵のように華やかなのです。演奏者四人とお付きの女童の衣装トータルコーディネートを見てみましょう。

和琴《わごん》を担当する紫の上（三九歳）の衣装は、彼女のシンボルカラーである赤から紫で統一され、女童たちも赤や紫を着用。全体に同系の色でまとまっています。

琵琶を受け持つ明石の上（三八歳）には、控えめな性格を表す緑系が選ばれ、お付きの少女たちも表にまとうのは青磁《あおじ》色と、統一感のある落ち着いた組み合わせです。

箏琴《そう》を奏でる明石の女御（十九歳、明石の上の娘で帝に入内し妊娠中）は早春の季節に相応しい鮮やかな紅梅重ねで、女童は蘇芳《すおう》色の下から青緑色の表着を覗かせてアクセントを効かせています。

琴を弾く女三宮（二一歳）は、二十過ぎても以前と同じ少女のイメージのままなのか紅の上に白を重ねた桜重ね、仕えている女童たちは緑と白の柳重ねを主体にした装い。女主人との対比配色が際立つコーディネートです。

この催しでは女性たちは慣例に従って互いの姿を見せることはなく、御簾によって隔てられ演奏しています。四人の麗しい姿や楽器をかき鳴らす様子、全部が見渡せ堪能できるのは、光源氏だけ。まさに主《あるじ》ならではの特権で、興に乗った光源氏は演奏に合わせて謡い、風雅な夜はこうして更けていくのです。

しかしその後、それぞれの運命に翳りが見え始め、物語は暗転してゆきます。

振り返ると、「女楽」の一夜はまさに「春の夜の夢のごとし」、六条院が最後の輝きを放ったひとときでした。

源氏をめぐる女性たちの後半生――明石の上、末摘花、玉鬘……

光源氏との愛憎劇を生きたヒロインたちはそれぞれどういう人生を歩んだのでしょうか。平穏な日々を送っただろう人、栄光の座を手に入れた人、出家した人、そして病や死……。色彩が語る女君たちの、とくに後半生を中心に辿っていくことにします。

明石の上のサクセスストーリー

明石の上の衣装の色は全部で三例描かれています。源氏との間に子どもを設けて都に上がるも、身分の低さゆえに我が子を源氏の手に渡さざるをえず、悲しみに暮れていたときの白。その優れた人柄ゆえに与えられた正月の衣装の紫と白。そして約十年後、「女楽」で身に着けていたのは萌黄と柳という緑系の重ね。

高位の貴族社会の中で地方出身の受領階級の娘という出自の低さをわきまえ、理不尽な扱いを受けても決して出過ぎた振る舞いはせず、自制心と知性で身を処してきた女性。その明石の上には紅などの暖色系ではなく、終始気品と穏やかさを感じさせる色が与えられています。

彼女の中の運命を受容していく力は、物語の後半にさらに描き込まれています。光源氏は、自分を受け入れ安らぎを与えてくれる女性として度々彼女の元を訪れ、紫の上にとっても明石の姫君をはさんで親しく語り合える友のような存在になっていくのです。

人生の冬の時代を耐え抜いてきた明石の上はその後、帝の中宮となった娘（明石の姫君）が生んだ五人の孫宮を後見し、一族の栄光を見届けます。その人生は、源氏を巡る女性たちの中でいちばんのサクセスストーリーを歩んだ人といえそうです。

花散里、カウンセラーの静かな優しさ

花散里の衣装の色の描写は全編で二例。最初は光源氏が須磨に都落ちする直前に会った別れの場面で、「濃き御衣」（濃い紫）を着て涙にくれていたとあります。この頃まではもしかしたら男女関係があったのかもしれませんが、以後、源氏が女性として接することはありません。しかし、もっとも信頼できる相手となり、息子・夕霧や

養女・玉鬘の養育を託したりしています。その花散里を表す色はブルーです。正月の衣配りでは浅縹の織物が選ばれ、初秋の染織の場面では露草の青を染めていました。

源氏より少し年上と思われる彼女は、美貌も後見もなく地味な女性ですが、物語の中では人を受け入れ包み込むカウンセラー的な存在として描かれています。と同時に鋭い面もあり、源氏に対して時にチクリと皮肉を言ったりする頭の良さも持ち合わせている人です。

六条院の愛憎劇に呑み込まれることなく、最愛の紫の上を亡くして悲嘆にくれる光源氏に心を配り、恋愛問題で悩む夕霧に寄り添い、彼女なりの距離感で人々を静かに見守り続けた半生。死期を悟った紫の上さえも最後に歌を交わし合った相手は花散里でした。

青は、そんな花散里の優しさを象徴する色。光源氏亡き後、二条東院を相続した彼女はそこに移り住み、静かな余生をおくりました。

末摘花は鈍感力でサバイバル!?

こちらも二例ですが、最初に紹介されるのは、光源氏が彼女と過ごした翌日に見た姿で、色褪せた紫の装束に寒さ対策か黒貂の毛皮をまとっています。どちらの衣装もかつての宮家の栄光を忍ばせるものですが、あまりの組み合わせに源氏も「おどろおどろしきこと」と驚いてしまうほど。その後、何年かしてさらに落ちぶれた末摘花の消息を知った源氏は二条院に引き取り世話をするようになります。そして年末に贈った衣装は、柳の織物の重ね。淡い緑の落ち着いた色合いの御衣です。

年が明けて、源氏はそれぞれの女性に選んだ衣装をどんなふうに着こなしているか見に行くのですが、ここでも末摘花の様子にびっくり！　柳の織物の下にごわごわとした黒の単を着ていて、およそそぐわない格好なのです。もとは常陸宮の姫君という高貴な生まれなのに、センスがないというか、こういうことを教える人がいなかったのだと不憫に感じてしまうほどでした。

またかつては彼女の唯一のチャームポイントであった豊かな黒髪はすでに薄くなり、白髪も目立つようになっていると描写されています。このあたり、作者の末摘花に対する目線は最後まで容赦のないものに感じますが、紫式部が生きた時代には、身分は高くても貴族としての教養や常識を身に着けていない姫君も実際にいて、呆れると同時に憐憫の思いもあったのかもしれません。しかし物語の中の末摘花は、源氏の失望にもピンとこないほど際立った鈍感力の持ち主のようなので、案外、マイペースでこの先も生き抜いていったのではないでしょうか。

空蟬、尼衣の袖口から覗く彩り

この女性を物語る色も二例だけです。源氏が碁を打つ彼女の姿を垣間見て、その物憂げな姿に心惹かれるシーン。その時に着ていたのが、濃き紫の綾の単重ね。夜半になり、彼は寝屋に忍んでいきますが逃げられてしまい、夫の赴任に従って地方に下った彼女とはそれきりになってしまいます。

しかしその後、夫も亡くなり、出家して尼君となった空蟬は源氏の庇護を受けるようになります。その彼女に贈られた正月の晴れ着は、「青鈍色の織物に梔子《くちなし》の御衣、聴色を添えて」。鈍色（グレイ）は出家した女性がまとう衣の色です。几帳の奥に隠れた彼女の袖口からちらちらと見える色に心惹かれた源氏は、つい昔の出来事を思い出したりしますが、源氏ならずとも灰色の尼衣の下からかすかに覗く黄や淡い紅の彩りからは、残り香のような密かななまめかしさが伝わってくるのではないでしょうか。

玉鬘が歩んだセレブな結婚生活……は幸せだったか？

夕顔の遺児、玉鬘の色は全部で三例。六条院に引き取られた彼女に源氏が贈った正月の衣装は、山吹の花のように華やかな赤と黄色の重ね。田舎育ちの健やかな若さを感じさせる色です。やがて蛹から蝶へと脱皮するように成長を遂げた彼女の身を飾るのは、初夏の装いである撫子重ねと卯の花重ね、ピンクと萌黄と白という匂い立つような美しい配色です。最後は、母に代わって育ててくれた祖母の喪に服しているときの鈍色。平安時代、喪に服すときに身に着けるのは、鈍色でした。それも亡き人が身近であればあるほど、色を濃くするという決まりがあったのです。玉鬘もそれに従って鈍色を着ていたのですが、やつれてはいてもその容貌は華やかで美しかったと書かれています。

彼女は、鬚黒の大将という光源氏とは真逆の体育会系と思われる男と結婚。彼の昇進によって「関白北の方」となり、五人の子をなします。源氏の求愛にからめとられなかったからこそ手にした人生。結婚し、子どもに恵まれ、夫の昇進でなに不自由ない生活と地位を手に入れた彼女は、今も昔も〝女の幸せ〟といわれている人生を歩んだ人です。でも、果たして幸せだったのでしょうか？　作者は、結婚後も源氏を懐かしむ彼女を垣間見せ、決してハッピーエンドのヒロインではなかった玉鬘の胸中を描いています。もしかしたら六条院で源氏と過ごした麗しい日々を想い、その記憶を終生胸に留めていたのかもしれません。

成長しない姫君の変貌——女三宮

源氏の冷たさに恐れおののいて

女三宮のまとう衣装の描写は三例で、そのうち二例はほぼ同じ、ピンクから紅の重ねです。最初は庭先で蹴鞠に興じていた柏木に垣間見られたときの「紅梅の匂い（グラデーション）に桜の細長」の衣装。次は六条院での女楽の夕べで着ていた「桜重ね」。この間、時が流れ十代から二十代へと成長をとげたはずですが、幼い妻のままで身も心も女性としての成熟が見られない様子が描写されています。作者は、天皇の皇女として大切にかしずかれ、与えられた人生を生きるしかなかった女三宮の自我の欠落と精神的成長の乏しさを、衣装の色の変化がないことで暗に示しているように思えます。

しかしその女三宮も、わが身に降りかかった厄難によって大きな変貌をとげざるをえません。あの蹴鞠の日以来、彼女への恋情が一層強くなった柏木によって寝所に押し入られ、強引に男女関係に至ってしまうのです。彼にとっては一途な恋心だったとはいえ、彼女にしてみたら、まぎれもなくストーカーによるレイプといえるでしょう。しかし悲劇はそれで終わらず、予期せぬ懐妊という結果をもたらします。

それを知った光源氏の怒りや柏木に対する復讐劇については二章で述べたのでここでは省いて、女三宮のその後に話を絞ると……柏木との密通に恐れおののき、傷心の中で難産の末、男の御子を出産します（後の薫）。ときの最高権力者と正妻の間の男子誕生に周囲は沸き立ち、祝いの席も盛大ですが、源氏の我が子に向ける眼差しはあくまでも冷ややか。出産後の女三宮を労わるよりも、我が息子が柏木に似ていたら困ると、そちらのほうを気にしているのです。

女三宮は源氏の冷たさに、薬湯さえも喉を通らず次第に衰えていきます。

源氏につきつけた「NO」

そしてとうとう、我が罪の深さに絶望し、出家したいと懇願するのです。源氏は驚いて引き止め、思い留まるようにと再三訴えるのですが、それに対して女三宮は「頭ふりて」（イヤイヤと頭を振って）答えたと決意の固さを表しています。物語中、女君たちがこのような強い動作を示すところはあまりなく、作者は女三宮の意志の強さをこういうオーバーアクションで強調しているのでしょう。「もう私はあなたとの生活に戻る気はない」という源氏に対する絶対的な拒絶。この決意によって、女三宮は初めて自我をもち、自分の道を自分で選ぶという〝成長〟を遂げたのだと思います。

しかし当時、女性が出家するには、原則、保護者である夫か父親の承諾が必要でした。そこで父の朱雀院に頼み込み、無事、出家をとげるのです。そうして尼となった彼女がまとっていた最後の色は、「すぎすぎ見ゆる鈍色ども、黄がちなる今様色など」。つまり、尼衣である鈍色の濃淡の重ねの下にサーモンピンクを着ていると書かれています。彼女を象徴するピンクを加えているものの、ここでのメインカラーは出家の象徴であるグレイの重ねです。

源氏との愛なき結婚と柏木の妄執、無自覚なまま男たちの身勝手に翻弄された身を厭い、俗世から身を離して色なき世界を選んだ女三宮。鈍色からは、そんな彼女の精神的変化が見てとれるのではないでしょうか。

夫婦としての関係に自ら終止符を打った女三宮に、源氏はその後も何かと未練を見せるのですが、女三宮は鬱陶しく感じ、そっけない態度をとり続けます。そうして源氏亡きあとも仏門に生きた彼女は尼として、息子薫の母として、生涯をまっとうしたのでした。

源氏にもっとも愛された女性の幸と不幸――紫の上

張りつめていた心の糸がついに切れて

紫の上の衣装の色は全部で六例。光源氏と関わる登場人物たちの中でもっとも多く色の描写が見られる女性です。物語の中心的ヒロインですから、彼女の子ども時代から始まって没するまで、作者もかなり丁寧にその生涯を書き込んでいます。色彩については、すでに二章で年代を追って紹介しているので、ここでは簡単に振り返るだけにしましょう。

光源氏に見染められた十歳のときの山吹重ねから始まって、祖母の喪に服していた際の鈍色、喪が明けた後に身に着けた紅、紫、山吹の愛くるしい美しさ。一年後、少女へと成長しつつある若紫の清らかな桜重ね。そうして時が流れ源氏と共に暮らす二七歳の彼女に贈られた正月の晴れ着は、艶やかな葡萄染めと今様色。さらに約十年後、新年の女楽の催しでまとっていたのも葡萄染めと薄蘇芳という赤紫の衣装でした。

このように紫式部は、紫の上の成長に沿って身につける色をアレンジしていますが、とくに光源氏の伴侶となってからは、最高の色である紫と紅を合わせた赤紫系の色をシンボルカラーとして与え、彼女の優艶な魅力と源氏にもっとも愛されている女性としての存在感を印象づけています。


しかし、その輝かしい日々にも終わりが訪れます。女楽の夕べが催された日の暁方、紫の上は胸痛を訴え病に倒れてしまうのです。高熱が続き容態が改善しないまま二月も過ぎ、源氏はつきっきりで看病しますが、ますます衰弱していくばかり。僧を呼んで加持祈禱をさせたり、物の怪の仕業が疑われるも、原因は明らかです。紫の上はもうこれ以上、生きていく気力がなくなったのです。

頼る者もいない彼女を幼い頃から愛しんで育て、長じてからは女性として誰よりも愛してくれた。そう信じ、寄り添ってきた源氏が、天皇の皇女であった女三宮を正妻として娶ったことへの衝撃。その事実に深く傷つき、長きにわたり六条院の女主人として自らを支えていたその足元が、崩れてしまったのです。父であり、恋人であり、夫であった男《ひと》を失ってしまった紫の上の心の空洞は、どれだけ深かったことでしょう。

これまで常に光源氏の背後に幾多の女性の存在を感じて来たとはいえ、これほどの悲嘆と苦しみを味わったのは初めてでした。女三宮の元に通う源氏を想い、嫉妬に眠れぬ夜を幾度過ごしたことでしょう……。それでも彼女はひと言の恨み言も漏らさず、平静を取り繕っていました。しかしその張り詰めていた心の糸も、ついに切れてしまったのです。

彩りをなくしたヒロインの絶望

六条院の最後の輝き、女楽の夕べで赤紫をまとっていた紫の上の艶やかな姿が昨日のことのように甦りますが、作者はその後、彼女に色を与えてはいません。まるで彼女の中で心の灯が消えてしまったかのように、生の息吹を感じさせる彩りが失われてしまったのです。

紫の上の病状は、現代医学の解釈をすれば明らかに長期のストレスによって引き起こされた病に他なりません。

その後、重篤な状態は脱したものの、回復の見通しは立たず病の床についたまま時が流れていきます。発症から四年後の春、めっきり弱りもう死期も近いと悟った紫の上は、最後の願いとして出家させてほしいと強く請いますが、光源氏はそういう形で彼女を失うのが耐え難く、決して許そうとはしません。

失意の中、仏に救われることも叶わないわが身を嘆きつつ、源氏を恨めしくさえ思う紫の上ですが、そんな彼女が最後に言葉を交わしたいと願ったのは、花散里と明石の上でした。花散里とは歌を通して、明石の上とは娘である明石の中宮につき添って面会に来た際に、過ぎし日々のことを静かに語り合います。源氏と関わり、さまざまな思いを胸に秘め生きて来た女性どうし、黙って傍にいるだけで無言の共感が互いの胸に沁み込んでいったひとときでした。

最後、紫の上は、風に吹かれてすぐに消えてしまう露のようにはかないわが身を憂い、静かに世を去ります。十歳で源氏に引き取られて、三十数年。幸せでもあり苦しくもあった生涯が終わったのは、夏が去り涼しい風が吹き始めた四三歳の秋のことでした。

鈍色に見る「出家」という解放

尼になった女性たちとその理由

『源氏物語』のヒロインには、とにかく出家して尼になる人が多いというのもひとつの特徴です。作中の女性たちにとって、出家とは何だったのでしょうか？　そして紫式部はヒロインの出家にどんな意味を込めていたのでしょうか。

まず、主な登場人物で尼になった人を挙げてみると……藤壺、六条御息所、朧月夜、空蟬、女三宮といったところ。

紫の上も出家を願いますが、その望みは叶えられませんでした。

それぞれ出家に至った事情はなんだったのか見ていきたいのですが、その前に平安時代、実際に女性が出家する場合の理由を調べてみると、多かったのは親しい人に死別したとき。中でも目立ったのは、未亡人となり夫を弔うため、あるいは夫が出家した後に同じ道を選ぶ場合もありました。

もうひとつが、重い病気にかかったとき。仏の加護を受け、治癒することを願っての出家です。

この二つが主な理由だったようですが、実際には、高齢になり（といってもこの時代の高齢とは四十歳くらい）、子育てや妻としての役割から解放されて、念仏ざんまいの静かな日々を過ごしたいという女性もいたようです。今でいう〝卒婚〟や〝熟年別居〟のようなものでしょうか。とはいえ、当時の貴族社会では仏教が広く浸透し、中でも浄土思想が信仰されていたことから、仏門に入り仏に帰依することで、今生が辛くても来世で救われたいという純粋な信仰心もあったのでしょう。

『源氏物語』の中で出家した女性はいうまでもなく皆、光源氏と関係をもった人たちで、女三宮や六条御息所を除き、他はいわゆる不倫関係にあった人達です。

そのうち光源氏が都落ちするきっかけとなった朧月夜は、当時は東宮であった朱雀帝の婚約者のような人でしたが、源氏との一件がばれて窮地に陥ります。しかしその後再び朱雀帝の寵愛を受け、彼の出家後あとを追うように仏門に入りました。空蝉は、年の離れた夫亡き後、継子に言い寄られそうになったこともあり出家の道を選んだという典型的な例です。六条御息所は、後年重い病にかかり先行きの心細さから尼になることを決意しました。

男の接近を防ぐ手段？　女の側からの離婚宣言？

このように、それぞれきっかけは異なるのですが、ここでとくに触れておきたいのが、藤壺中宮です。彼女は、源氏が終生愛し慕った運命の人として最初に登場しますが、その後の人生についてはは触れてきませんでした。というのも、かなり早い段階で出家してしまったからです。最初のきっかけは夫である桐壺帝の崩御でしたが、そのときは後を追って尼にはなることはありませんでした。なぜなら東宮となった幼い息子（本当は源氏との間の子ども）の支えとして、宮廷生活を送らなければならなかったからです。

しかし、独り身となった彼女に対する光源氏の熱烈な接近に困り果てて、出家を決意したのでした。もしも、源氏との関係が世間に知れたら、息子の失脚につながりかねないことを憂慮した結果です。

というのも、出家は性関係を断ち切ることが前提となっており、男性が尼になった女性に言い寄ることもご法度とされていました。つまり、藤壺の場合は源氏の接近を防ぐための決断だったのです。

出家後、源氏はときどき藤壺を訪ねますが、さすがに節度をわきまえ御簾越しの対面となります。そのときに青鈍色の御簾の端から薄鈍の衣と梔子色の袖口が密かに覗き、焚きしめられた香のほのかな香りとともに、尼となった彼女の気配を伝えます。源氏が生涯追い求めた藤壺中宮、その衣装についての言及はこの一例だけです。やがて彼女は病に倒れ亡くなってしまいます。

また、女三宮の決断もある意味、光源氏への離婚宣言ともいえそうです。彼女は柏木との密通の罪におののき、源氏の恐ろしさと冷たさに怯えるような結婚生活にピリオドをうちたかったのです。女性から離婚を要求するのは難しかった時代、出家は彼女たちが選択できる唯一の離婚の形だったのかもしれません。

尼にはなれなかった紫の上も、同じことを望んでいたのではないでしょうか。信じていた源氏との幸せな日々が脆くも崩れ去り、絶望や身を焦がすような嫉妬に苦しみ、それを自らの内に閉じ込め苦悩してきた日々を終わりにしたかったのだと思います。しかし、それさえも許されなかった。

思い返してみれば、六条院の花と謳われた紫の上が、物語中いちばん哀れなヒロインではないかと私は思います。源氏に自分好みの女性に仕立て上げられ、籠の中の美しい鳥のように愛され、自ら決めた最後の望みさえ叶えられなかった。紫の上は、一生涯〝源氏の女〟でしかなかったのです。

俗世から身を離し、自らの心と向き合う安息の日々

平安時代、女性が出家するとこれまでの立場を棄て勤行の日々を送るようになりますが、頭は剃髪するわけではありません。尼削ぎといって、肩のあたりで切りそろえるセミロングのような髪型。とはいえ、当時の貴族女性にとっては自分の背丈より長く伸ばした髪が美の象徴とされていたので、やはり女の命を断ち切るくらいの大きな変化だったでしょう。また、尼の衣装は鈍色が基本で、それに萱草《かんぞう》色や梔子色などの赤みがかった黄色の衣を合わせるのが定番でした。ここでも、桜重ねや紅梅重ねの華やかな色を棄てた、色のない世界へと帰依していくのです。

赤や黄色などの有彩色が喜怒哀楽の感情と結びついているとしたら、無彩色はその感情を抑制、あるいは封印した色と見ることができるでしょう。いっさいの彩りを排した鈍色の尼衣は、世間のしがらみや俗世の欲望から距離を置く色の象徴ともいえます。

当時、主に高貴な女性たちが仏門に入ることを「落飾《らくしょく》」といいました。これまで身にまとっていたいっさいの虚飾を捨て仏の道に入るといった意味でしょうか。でも最初にこの言葉を知ったとき、仏教にはとんと門外漢の私はてっきり「落色」だと思ってしまいました。自らを煩わせていた感情や欲望、執着を棄て去るということなのだと。仏教の専門家にはお叱りを受けそうですが、あえていえばこの解釈もあながち外れてはいないかもと思います。俗世から身を離し、仏に仕え自分と向き合う生活は右に左に揺れていた内面を見つめ、俯瞰し、やがて凪いだ心へと至る自己対話の日々なのではないでしょうか。

　そういう意味で、貴族社会のさまざまな制約の中で生きた女性たちにとって、出家は、性別役割からの離脱や男女間の愛の確執を断ち切る、自己解放の手段でもあったのではないかと思えるのです。

光源氏、最後の一年

源氏、引きこもって悲嘆と懺悔に暮れる

光源氏の世を描く『源氏物語』第二部最後の「幻」の巻には、紫の上亡きあとの光源氏の一年の日々が描かれています。最初の正妻である葵の上が亡くなったときに着た薄墨衣よりもっと濃い色の墨染めの喪服を着て（それだけ悲しみが深いということの象徴）、涙に暮れている源氏は、ほぼ誰とも会おうとせず館に引きこもっています。

紫の上が愛した春が来て、庭の梅がほころび、やがて桜が咲き誇り、八重桜、藤と美しく移り変わる庭を眺めては、亡き人が丹精こめて育てていたことを想い返し、その人の不在に改めて深い悲しみがこみ上げるのでした。

自らの行いを思えば、若い頃からの数々の色恋沙汰に紫の上がどれほど心を痛めていたか、恨み事を表に出すような人ではなかっただけにさぞ心悩ませたことだろうと、

今更ながら悔やまれてなりません。とくに女三宮の降嫁で三晩を過ごした翌朝、雪の中での帰還を優しく迎えてくれた彼女の袖が涙に濡れていたことなどを想い返し、なんと残酷なことをしたのだろうと後悔にさいなまれます。でも、もうその人はいない、せめて夢の中ででも会えたなら、と夜どおし思い続けずにはいられない源氏なのですが……。

御簾の奥に籠って身近な人としか会おうとしない彼のもとを訪れる人も少なく、女房たちも故人を忍んで六条院はひっそりと静まり返っています。喪服を脱いでも、地味な衣装に身を包み、かつての華やかな色はもはや登場しません。そんな折、源氏は思いついて明石の上を訪ね、昔語りをします。

藤壺中宮が亡くなられたときに詠んだ歌を引き合いにだして、今も同じ心情であることを訴えますが、それはこんな歌です。

深草の野辺の桜し心あらば
　今年ばかりは墨染に咲け（『古今和歌集』）

麗しく咲き誇る桜に心というものがあるのならば、（愛しい人を亡くした）今年だけは桜色ではなく墨色に咲いておくれと乞う内容で、春を謳歌する気にはとてもなれないという源氏の悲嘆が色を通して謳われています。そうして明石の上に、「幼い頃から育て上げてきて、ともに年を重ねてきた晩年になって一人取り残される悲しみ」を切々と訴えるのでした。

桜重ねから始まり、源氏が最後にまとった色は？

暑い夏が訪れ、庭の撫子が美しく咲くのをひとり眺めても張り合いがないと感じ、七夕の星の逢瀬を一緒に喜ぶ人もいないことに虚しさを覚えないではいられない日々。こうした中で、源氏は自らの出家を決意し、後に残る人のために準備を整えていきます。そうして最後に、手元にあった女性たちからの文をすべて焼いてしまうシーンが描かれています。

若き日、頭の中将の興味を引いた女君たちからの色とりどりのラブレターは灰になり、消えてしまいました。また、大切にしまってあった紫の上からの手紙、須磨に蟄居の折に度々やりとりしたなつかしい日々の思い出も、煙となって空に昇っていったのでした。

六条院の栄光と悲哀を描いた『源氏物語』第二部最終章は、五二歳の源氏の出家を匂わせここで終わります。桜重ねをまとった二十歳の貴公子、光る君から始まって、最後に彼がまとった色は無彩色の墨衣《すみごろも》だったのです。

紫の上の死から一周忌までの約一年にわたり光源氏の最後の日々を綴った「幻」の巻は、季節の移り変わりとともに深まる悲哀と懺悔を描いて、文章表現としてもとても美しく完成度の高さを感じさせるところです。私自身読んでいて、紫式部の筆が一気に進んでいくのを感じないではいられません。もしかしたら彼女は、紫の上の死とそれに続く最終章をもっとも描きたかったのではないか、と思うほどに。

名誉も美貌も才能もこの世の栄光をすべて体現していた光源氏と、彼にもっとも愛された紫の上、その輝かしい人生が暗転した最後の日々。まさに『源氏物語』の主題ともいえる「常なるものは何もない」という結末が、ここに結ばれているのではないでしょうか。

色彩から見えた、紫式部の密かな企み

色を通して物語全体を俯瞰して見てみると……

　これまで、光源氏の出生から始まって約五十年にわたり、さまざまな女性たちとの出会いと別れによって織りなされる壮大な物語を、色彩を切り口に見てきました。『源氏物語』は色彩の物語ではないかと思うほど、彩り豊かなシーンや、登場人物の心情に即した見事な色彩演出がなされています。本書でも、紫式部は女君一人ひとりにシンボルカラーを与えているのではないかという私自身の推測のもと、登場人物ごとにその資質や容姿、心理や人生の変遷と、衣装の色とを照らし合わせて述べてきました。

　でも、これを全体として見直してみたらどうなるのでしょうか？　それぞれの色とそれらの関係を俯瞰して見ることで、もしかしたらその裏側にある紫式部の色彩に関する企《たくら》みのようなものが浮かび上がってくるかもしれない……。

そう考えたきっかけは、ユング派の心理分析家、河合隼雄氏による『紫マンダラ源氏物語の構図』という本でした。河合氏は『源氏物語』を心理的な側面から読み解き、ユング派ならではのアプローチとして人間関係をマンダラ図にして考察されています。

それで私自身も、女君たちを象徴する色を色相環に当てはめてみたらどうだろうと試みてみたのです。色相環というのは、赤から紫までの有彩色の色の帯をつなげて円形にしたもの。学校の美術の時間や色彩学の勉強などでよく使われているものです。

その結果が、口絵ページに紹介した「光源氏と女性をめぐる色相環」です。

女性たちのシンボルカラーは、すべての色を見事に網羅

この図は光源氏を真ん中に、これまで述べて来た主なヒロインたちのシンボルカラーを各色相の上に配置してみたものです（出家した女性の鈍色は含んでいません）。紫の上の赤紫から始まって、子どもの頃の黄色（「若紫」の巻）。女三宮のピンク、玉鬘の赤、オレンジ、黄色、末摘花に贈られた正月の柳色、明石の上の緑、花散里のブルー、夕顔のラベンダー。そして描かれてはいませんが藤壺を象徴する紫も加えてみると……。驚いたことに、ほぼすべての色相をくまなく一巡しているではありませんか！　これまで色に着目してこの物語の細部を読み込んではきたものの、こうして俯瞰して見てみたのは初めてでした。そして私の予想をはるかに超えて、あまりに見事にすべての色が網羅されていることに驚いてしまったのです。

それにしても、作者がそれぞれに異なった彩りを放つ女性たちを配していることにどんな意味があったのでしょうか。またそれが結果的に全部の色を含んでいることからは、何が読み取れるのか……。

色彩が人間感情と結びつくものであるならば、作者は全部の色彩を通してあらゆる人間の心の中にある多様な感情や欲望、愛や怒りや嫉妬、不安や慈しみさえもすべて描こうとしたのではないでしょうか。各女君の色に与えられている虹の七色は、紫式部自身の心の内にあるものであり、またあなたや私、あらゆる人の心に存在するものなのだと思います。

こうして私は、すべての有彩色を表すこの色相環の配置を見たときに初めて、これまで思い至らなかった紫式部の深い企みに触れたような気がしたのです。

光源氏は女性たちの心を照らし出す〝光源〟

さらに、色相環の真ん中に配置した光源氏の存在についても、思いが巡ります。

少し話は飛躍しますが、色彩は蠟燭でも日の光でも蛍光灯でもそれを照らす光源がないと見えません。それを物語に即していうと、女性たちは光源氏との関係によって、それぞれの姿形や人柄が造形されストーリーが展開していきます。つまり光源氏は彼女たちの存在を照らす光源であるととらえることもできるのではないでしょうか。とすれば、この物語の主人公は女君たちであって光源氏ではないのかも？　でも彼なくして彼女たちの心は見えてこないのです。女性たちの心の彩りを浮かび上がらせるためには、光源氏という何よりも強烈な光源が必要でした。

もしかして、だから紫式部は意図して彼に「光」という名前をつけた!?　……と思ったりもしたのですが、それは私の妄想というものでしょう。だって、千年前には近代科学によって明らかにされた光と色彩の関係はまだ解明されていないのですから。もしも、作者が私のいうように意図して光という名前を与えていたとしたら、それはきっと天才・紫式部の恐るべき直観力のゆえでしょう。

こうして『源氏物語』全体の姿を眺めてみても、あらためてそれぞれの女性たちの存在がめくるめく色彩となって甦ってきます。では、それらを照らしていた光源氏の最後はどうなったのでしょうか？

それについては、最終章である「幻」の巻のあとに「雲隠《くもがくれ》」という、源氏の死を想起させるタイトルのみの頁があるだけで、そこには何も書かれていません。

この「雲隠」については、最初からあったのかなかったのか、紫式部の手によるものなのかそれとも後の誰かが加えたものなのか、いっさい分かっていません。でも、現在はその「雲隠」を区切りとして五十余年にわたる物語の幕としていますし、私自身も何も書かれていないことによってかえって想像力が刺激され、余韻を味わえる終わり方だと感じます。

女性たちの実像を色とりどりの存在として鮮やかに照らし出していた鮮烈な光は、徐々に消え去り、鈍色の雲の彼方に隠れてしまったのです。そうして物語は、後の世代を描く「宇治十帖」へと進み、何十年の時を経て循環の輪がつながってゆきます。

五

紫式部からの問いかけは、
千年の時を超え

紫式部はなぜ色彩美あふれる物語を書けたのか

『源氏物語』の執筆を巡る二つの謎

本書では『源氏物語』の第一部から第二部に当たる光源氏の時代に焦点を当て、そこで描かれている色彩表現について紹介してきました。女君たちの心を物語る衣装の数々、お付きの女性たちも含めたトータルコーディネート、思いを託した文の色、各シーンに応じた巧みな色彩演出……。まさにビジュアル文学だと言いたくなるほど、色彩美あふれる物語が展開しているのですが、それにしても紫式部はなぜこれほどまでに豊かで、かつ細やかな色の描写ができたのでしょうか？

その謎に迫るためには、二つの大きな問いについて考えてみる必要がありそうです。その一つは、『源氏物語』はどういう順番で書かれていったのかということ。そして二つ目は、紫式部はどの段階で女房として宮中に出仕（就職）したのか、という点です。

この二つは密接に関わっているのですが、じつは確かなことはほとんど分かっていません。でも、この二点に着目してみることによって、私が二章の最初に提示した「光源氏の出生と幼少期を描いたプロローグ的部分には、ヒロインたちの衣装をはじめほとんど色の描写がないのはなぜか？」という疑問の答えにもつながってくるはずなのです。

まず、五四帖からなる『源氏物語』が書かれた順番なのですが、必ずしも現在、私たちが読んでいる一帖から順に書かれたものではなく、とくに源氏の誕生から六条院の栄華までを描いた第一部（第一帖「桐壺」の巻から第三三帖「藤裏葉」の巻）は、帖ごとにバラバラに書いたものを後で組み合わせたのではないかと目されています。もちろん紫式部自身の大まかな構想はあった上で各エピソードを書いていったということでしょうし、その執筆順については諸説あり特定はされていません。なので、その点に関する自由な解釈の一つとして、色彩表現から見た個人的見解を少し述べてみたいと思います。

私の推測としては、物語の発端の一帖から正妻、葵の上が亡くなる九帖（「葵」の巻）くらいまでは、順番は別としてかなり早い段階で書かれていたのではないかと感じています。もしかしたら源氏の都落ちを描いた十三帖（「明石」の巻）くらいまでは執筆済だったのかもしれません。なぜ、そう考えるかというと、ここまでは天皇や上級貴族の場である宮中の様子を知らなくても書けるのではないかと思えるからです。このあたりまで物語を書き進めていた紫式部は、その評判を伝え聞いた藤原道長の要請を受け、一条天皇に入内した道長の娘、彰子《しょうし》付きの女房として宮仕えに出たのではないでしょうか。

その時期は、ほぼ一〇〇六年（寛弘三年）前後、紫式部三十代前半の頃といわれています。出仕の経緯については後に詳しく述べるとして、とにかくこの段階で『源氏物語』の一部は既に知られており、道長のスカウトにつながったというのが定説とされているところです。

重要人物の衣装が描かれていない理由は？

私が「宮中の様子を知らなくても書ける」といった物語の最初のほうの登場人物は、空蟬にしても夕顔にしても、あるいは若紫や末摘花、明石の上まで入れたとしても、みな中級貴族か、あるいは後見もなく質素な暮らしを余儀なくされている女性たちです。そうしたヒロインたちと光源氏との間で展開するドラマチックな恋物語が前半の中心になっているのですが、考えてみれば、これらの女性たちの設定は皆、紫式部と近い階級に属しているか、あるいは暮らしの周辺で見聞きすることのできる身の上の人々。

またエピソードの舞台も郊外のあばら家や田舎びた場所など、宮中から離れた市井の場で物語が展開していきます。当然、作者はそういう状況にある女性たちの内面や身を置いた環境まで容易に想像することができたはずですし、彼女たちが日ごろどんな衣装を身に着けているかも難なく思い描けたことでしょう。

ところが、やんごとなき高貴な女性たちは、いったいどのような様子なのか、どんなときに何をお召しになるものなのか、実際の宮廷生活における格式や習慣を知らないと、一介の中級貴族である紫式部にはイメージできなかったのではないでしょうか。そう考えると、物語の最初に登場する高貴な身分の女性たちの衣装について何も描かれていないのが、腑に落ちるような気がしませんか?

光源氏の生みの親の桐壺の更衣にしても、恋慕う藤壺にしても、ストーリーの要となる重要人物なのだからもっと描写があってしかるべきですが、何も触れられていません。さらに、正妻葵の上や六条御息所に関しても、一方は左大臣家の娘、他方は元東宮妃という上級に属する女性として設定されているからなのか、衣装の着用例は葵の上の出産シーンの白以外やはり一例も見出だすことができません。

宮廷という就職先で見た、貴族社会の光と闇

一方、明石からの帰還後を書いた巻では、六条院の華やかなイベントや上級貴族の暮らしぶり、天皇を中心とした宮廷の様子などがかなり具体的に描かれていきます。もちろん女君たちの衣装についても、色彩だけでなく場の設定や同席する人の位によって何をどう着ているのかが、詳細に描写されるようになるのです。これはやはり、紫式部が実際にそうした場に身を置いていないと書けないことではなかったでしょうか。

彼女が務めるようになった「女房」という職業は、自分が仕える女主人（貴族や皇族の女性など）への取り次ぎといった役割を通してさまざまな人と接する機会があり、上は天皇から上級貴族、下は従者や雑用係などあらゆる人と顔を合わせることも多かったようです。当時、一般的な貴族の女性はあまり外に出ず、家族以外の人、とくに男性に顔を見られないことがたしなみとされていたので、多くの人の視線にさらされる女房は、はしたないという目で見られてもいました。

それで紫式部も、昔の友人たちは宮仕えに出た自分をきっと白い目で見ているだろ

うなどと嘆くのですが、でも〝見られる〟だけでなく、しっかりと〝見て〟いたのが、天才作家たる彼女の資質だと思います。紫式部は宮仕えを通して、重ね色目などの衣装の決まり事をはじめ、殿上人たちの風俗、習慣をより詳しく知ることができたでしょう。また女房たちの間の競争や本音、恋のアバンチュールなども見聞きしていたはずです。さらに、貴族社会の諸々の出来事やイベントに接し、雅な文化の裏にある男性たちの政治の駆け引きや男女の愛憎、そして高貴な生まれといえども決して幸せではない女性たちの嘆きを知ったのではないでしょうか。そういった貴族社会の光と闇をすべて見て、心の内に収め、作品に昇華させていったのが『源氏物語』なのだと思います。

紫式部の前半生——孤独な少女からシングルマザー、作家へ

母のない子の寂しい少女時代

世界最古の文学作品として時代を超え、国を越え、各国で読み継がれてきた『源氏物語』。ダイナミックかつ華麗なストーリー展開で人間心理の奥深さを描いた作者、紫式部とはどんな人だったのでしょうか。皆さんはどんな女性を想像しますか？自信と意欲にあふれたパワフルな人？　シャープで頭脳明晰な天才肌？　それとも周囲に流されず我が道を行く孤高の作家？

いろいろと思い浮かびますが、でも実際はどれも少し違うようです。彼女が綴った日記（『紫式部日記』）や歌集（『紫式部集』）など残されたわずかな資料によると、紫式部はどちらかというと内向的で、周囲の環境に自分を合わせて生き延びていくようなタイプ。精神的にも物事の明るい面ではなく苦しみや憂いなど暗いほうに目が行くと

いった、今でいうネクラな女性像が浮かび上がってきます。そんな彼女はどういう人生を送り、なぜものを書くようになったのか、まずその生い立ちから見てみましょう。

とはいえ、あまり詳細なことは分かっていません。第一、紫式部という名前も後々そう呼ばれるようになっただけで、本名は不明。当時、家系図や公式文書などに名前が記載されるのは男性か天皇の后など高位の女性だけで、一般女性が実名を公にされることはほとんどなく、「〇〇（男性名）の女（妻か娘をさす）」と表記されるのが慣例。女性はあくまでも父親か夫に所属する存在だったのですね。紫式部も宮中に出仕後、「藤式部」と呼ばれていたらしいことだけは分かっているのですが、それがいつの間にか紫式部になり、英語圏でいうところの「レディ・ムラサキ」として世界のビッグネームになっていったのです。

また正確な出生年も分かっておらず、九七〇年代前半、とくに九七三年説が有力ですが、これも特定はされていません。父は藤原為時《ためとき》といい、優れた漢学者で歌人でもあった人。その家系も代々歌人として名高く、曾祖父は三十六歌仙の一人に数えられています。

紫式部は姉と弟の三人きょうだいとして育ちましたが、姉は子どもの頃に亡くなったようです。母もまた弟を出産後に亡くなっており、紫式部が書いたものの中にも母の記憶にまつわる話はほとんど出てきません。ただ、『源氏物語』の主人公である光源氏と紫の上はともに〝母のない子〟として設定されているので、そのあたりに自身の生い立ちが投影されているようにも思えます。

父の為時は妻亡き後、二番目の妻のもとに通うようになり、そちらにも異母きょうだいが誕生。紫式部は弟とともに、新たな家族のもとにいそいそと出かける父を見送り、寂しい少女時代を過ごしたのではないでしょうか。もしかしたらこの時期、彼女の中で「男にのみ許されていた男女関係の自由」に対する矛盾と理不尽さが芽生えていたのかもしれません。

そんな彼女がのめり込んだのは、漢籍と物語文学の世界でした。弟が父から漢籍を習うのを傍で聞いていた姉は、弟が質問に答えられなかったりすると、脇からすらすらと答え、「お前が女だったのが私の不幸だ」と父が嘆いたという逸話は、よく知られているところです。当時、公式な文書に用いられていたのは漢字で、漢文は男が修めるべき学問。漢文に親しむ女など生意気で、男に敬遠されるといわれていた時代だったのです。

適齢期をとうに過ぎての結婚、出産

孤独な少女時代を送っていた紫式部のもう一つの慰めは、女友達との間の和歌のやり取りや文通でした。とくに亡くなった姉を重ね「姉君」と呼んで慕っていた幼馴染みとは、互いの父の赴任で離ればなれになった後も、文を介して心の内を伝えあい女性同士の絆を育んできました。しかし、その姉君も任地で突然亡くなってしまいます。心の支えでもあった親友の死によって、紫式部はこのとき改めて命の儚さ、世の無常というものを実感したことでしょう。

こうした少女時代を通じて、一家の暮らしは決して豊かなものではなかったようです。もともとは名家の流れをくむ家柄でしたが次第に没落し、父、為時は長い間、官職に就けず失業状態でした。ようやく任命されたのが、越前国の国司（受領）。受領とは、四位、五位の中級貴族が任命されるもので、任地に赴き責任者として税の徴収などを行います。この父の赴任に伴って、紫式部も一年あまりを越前で暮らすことになるのですが、この時期に度々文を寄こし言い寄っていたのが、後に結婚することになる藤原宣孝《のぶたか》です。

宣孝は紫式部のまたいとこにあたりそこそこの官職にあった人ですが、このとき既に四十代半ば。他にも妻や子どもがいたので、紫式部としては彼との結婚をきっと迷ったことでしょう。でも、既に彼女も二十代の半ばを越え、当時の適齢期はとっくに過ぎていて、結婚など諦めていたのではないでしょうか。なぜなら、この時代は夫が妻の実家に婿入りする形なので、妻の側は夫の装束を整えるなどして全面的に面倒をみなければなりません。でも、長い間失業状態にあった彼女の家は財力もなく、夫を支えられるような状態ではなかったのです。

それでも良いと思ってくれる人があるのならと結婚に踏み切ったのは、宣孝が案外面白い男だったからという理由もあったのかもしれません。真面目な学者肌の父のような男しか知らない娘にとっては、気の利いた恋文のやりとりもでき、豪放磊落で我が道を行く宣孝の明るさに惹かれる面もあったのだと思います。こうして京に戻った紫式部は宣孝と結婚し一女をもうけます。

愛する人との死別が、『源氏物語』を書くきっかけに

ただ、その幸せも長くは続きませんでした。色好みでもてる宣孝には他にも何人かの女性の影がチラついていました。夜通ってくる日がいつの間にか間遠くなり、夜離れの苦しみを覚える日もあったでしょう。紫式部も当時の他の女性たちと同じように嫉妬に身を焦がし、〝待つ女〟の焦燥を味わっていたのに違いありません。彼女自身

のこうした体験がのちに『源氏物語』の女君たちの深い嘆きへとつながっていったのでしょう。

悲劇はさらに続きます。その頃、猛威を振るっていた疫病によって、夫、宣孝が突然亡くなってしまうのです。わずか三年余りの結婚生活でした。

喪失感に暮れる紫式部はその頃の心境を日記にこう記しています。

夫が亡くなってから数年間。涙に暮れて夜を明かし日を暮らし、花の色も鳥の声も、春秋にめぐる空の景色、月の光、霜雪、自然の風景に触れては「そんな季節になったのか」とは分かるものの、心に思うのは「いったい私と娘はこれからどうなってしまうのだろう」と、そのことばかり。将来の心細さはどうしようもなかった。（『紫式部日記』寛弘五年十一月、山本淳子『紫式部ひとり語り』）

短い間ではあっても心通わせた夫を失い、幼い子どもを抱えたシングルマザーとして、経済的、精神的にどう生きて行けばよいのか……。千年前も今も変わらない、女性の社会的基盤の脆弱さが、紫式部の深いため息とともに伝わってくるようです。

そんな中で、彼女の心のなぐさみとなったのは、物語の世界に没頭し、気心の知れた友人たちと手紙を通じて物語について語り合うことでした。そのときだけは、心の中にぽっかりと空いた深い穴やわが身の辛さ、孤独を忘れることができたのです。そうして少しずつ現実を受けいれていった彼女は、やがて自分でも物語を書くようになっていきます。古来よりあった絵空事の物語ではなく、自分の体験や胸の内を伝えるような物語を。

こんなふうにして、『源氏物語』は断片的に少しずつ書き進められていったと思われます。そう、これはまさに喪失から生き延びるための彼女の喪の作業、グリーフワークでもあったのです。

思えば、紫式部自身、多くの死別を経験しています。母や姉を失い、姉君も夫も突然いなくなり……。そのときに味わった、誰も抗うことのできない命あるものの定め、生の輝きが一瞬のうちに転じる儚さを、『源氏物語』の最後「幻」の巻で紫の上を喪った光源氏に語らせているのだと思います。栄耀栄華を極めていた光源氏の暗転と喪失の一年を描いたこの部分が美しく切ないのは、作者自身の喪失体験とその嘆きが行間から伝わってくるからではないでしょうか。

紫式部の後半生——道長とのウィンウィンな関係

道長にスカウトされて職を得る

紫式部が書き始めた『源氏の物語』（最初はこういうタイトルだったよう）は、周囲で評判を呼び、やがて時の最高権力者である左大臣・藤原道長の要請によって、彼女は一条天皇に入内して中宮となっていた娘、彰子の女房として仕えることになります。宮仕え経験などなかった紫式部がなぜスカウトされたのかについては、背景に政治的な思惑がからんでのことなので、簡単に説明しておきましょう。

ときの帝、一条天皇にはかつてもっとも寵愛した定子《ていし》という三歳年上の中宮がおられました。二人は相思相愛で仲睦まじく暮らしていましたが、定子の父、道隆が亡くなり、兄、伊周《これちか》もある事件をきっかけに失脚してしまいます。実家の後見を失った定子の後宮での立場は弱くなり、この機に乗じて道長がまだ十二歳の娘、彰子を半ば強引に一条のもとに入内させます。やがて、定子は一人の皇子と二人の皇女を残して亡くなってしまいます。

一条は誰よりも愛した定子を亡くして悲嘆に暮れているのですが、一方の道長はきっと密かに頬を緩めていたことでしょう。これで、我が娘彰子が天皇の男御子を産んでくれたら、晴れて外祖父として政治の実権を握ることができると。ところが、いつまで待っても彰子に懐妊の兆しは見えません。それどころか、未だに亡き定子への思いが残る一条は、彰子の元に通ってくることはあまりありませんでした。

この事態をどう打開するか……、考えた道長が、一条の気を引くための戦略として賭けたのが、紫式部の登用でした。なぜ、こうした策をとったのかというと、かつて定子の後宮は、定子自身をはじめ仕える女房たちも皆、知識や教養、美的センスに優れた一大文化サロンでした。そのインテリ女房の筆頭がかの清少納言だったのはよく知られた話ですが、このことからもどれだけ知的で機知に富んだ会話が交わされていたか想像がつくというものでしょう。学問好きで文学にも造詣が深い一条天皇をはじめ他の公達たちも足繁く通い、定子サロンはつねに活気に満ちていたといいます。

一方、彰子はというと、もともと華やかなことが好きなほうではなく、また女房た

紫式部と清少納言の関係

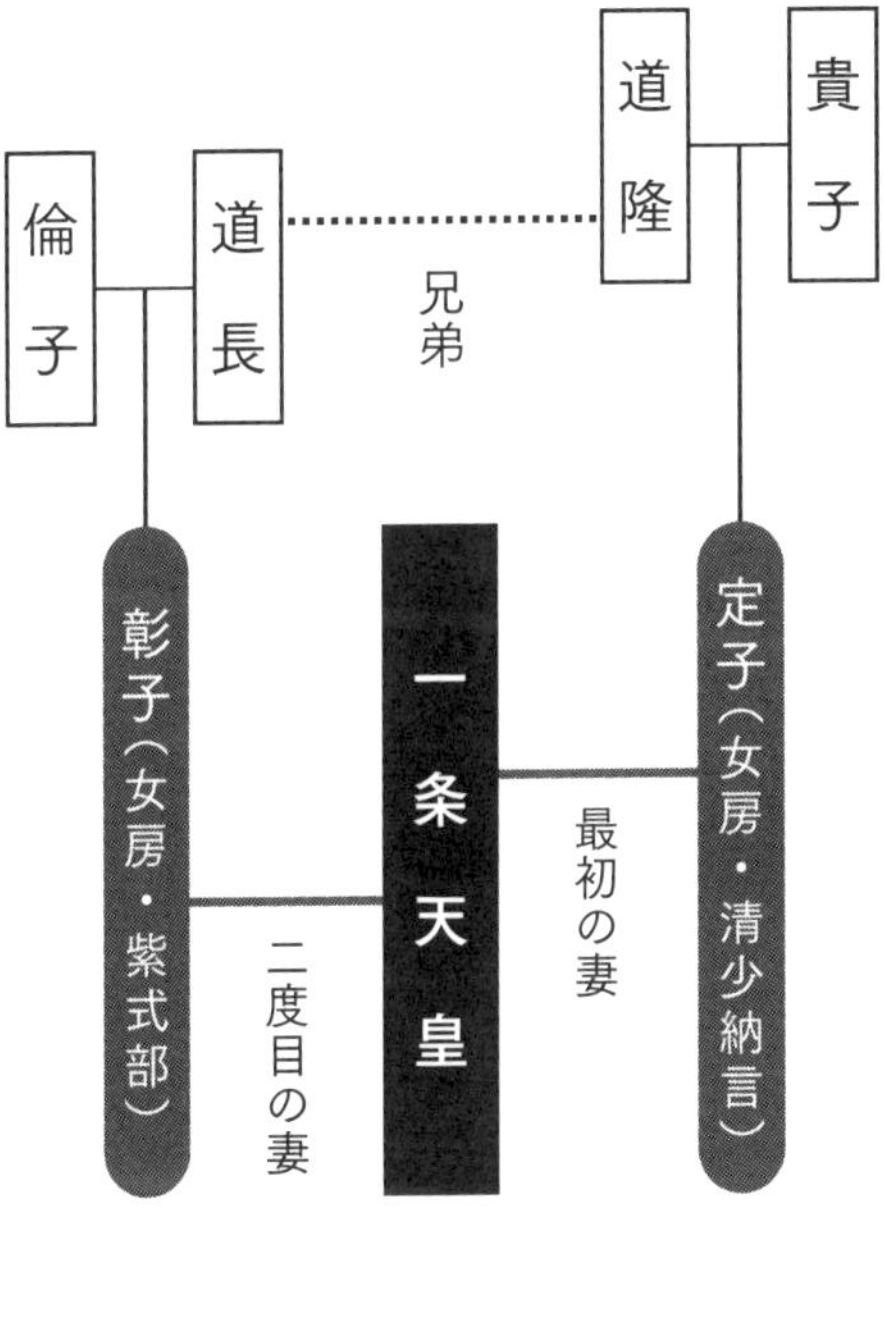

ちも公家のお嬢様などが多くて、よくいえば奥ゆかしく、別のいい方では活気がないという状態でした。これをかつての定子サロンのように、知的で魅力的な場にしなければという道長の思惑によって、紫式部に白羽の矢がたったというわけです。

女房として勤めるも、イジメを受け引きこもりに

彼女が職を得た「女房」という職業について少し説明を加えると、貴族や皇族に仕えた女性のことで、宮中や貴族の館で局《つぼね》（部屋）を与えられて、住み込みで働く職業女性でした。その役割は雑用などの下働きではなく、女主人の衣装などを整えるコーディネーター的な仕事や、外部との伝達係、また行事などの際には自身も着飾って場に花を添えるような役割も担っていました。中でももっとも求められていたのが、幼い姫君の教育係や話し相手、長じては文化、教養を共有し知的なブレーンとして、女主人を中心にした魅力的なサロンを形成すること。

そうして選ばれた女房たちはいわば平安時代のキャリアウーマンだったわけですが、でも紫式部は最初、出仕には気が進みませんでした。なぜなら当時は家の中で一生を送るのが、女性の生き方のスタンダードでしたし、いろいろな人に接する女房は〝ちょっとスレた女性〟とも思われていたのです。第一、華やかな場所など彼女の好

みではなかったこともあるでしょう。でも、子どもを抱えたシングルマザーとしては何とか暮らしを立てていかなければならないし、第一、権力者である道長の要請とあっては断るわけにもいきません。

そんな事情から宮中に就職したのですが、案の定まったく馴染めません。原因は先輩女房からのイジメでした。当時、三、四十人いたとされる彰子の女房たちにとって、紫式部は「ちょっと有名だからって抜擢されたシロウト」でしかなかったのです。そんな女房たちの目に新参者でなかなか打ち解けられない彼女は、「お高くとまっている」「少しくらい漢文ができるからって、えらそ〜」と見られてしまい、誰も仲良くしてくれません。周囲のそんな冷たい視線にいたたまれなくなった紫式部は、早々に家に逃げ帰り数カ月間引きこもってしまうのでした。

このあたり、現代も学校や職場で見られる弱い者イジメと変わりませんね。しかし、紫式部はこの職場イジメの体験を経て、女房としての自身の身の処し方や新たな職場で生き抜いていく術を身に着けていきます。具体的には、「漢字なんて『一』という字も知らないわ」というふりをしたり、何事もあまりよく分からないとしおらしく振る舞うことで、周囲からは「意外とおっとりした、気さくな方ね」と思われるようになっていくのです。こうして〝謙虚な自分〟を心がけることで、女房という特殊な集団での居場所を確保していきます。

権力の中枢を間近で見ていたから書けた物語

でも、組織の中であまり周囲に合わせ過ぎると自分を見失い、ストレスで苦しくなるのは今も昔も同じ。その点、紫式部が自分を損なうことなく仕事を続けられたのは、一方で『源氏物語』という内的世界をもっていたからではないでしょうか。そこでは、感じたこと、考えたこと、心に思うことを物語という形で自由に羽ばたかせ、想像の世界を紡いでいくことができました。宮中で見聞きした上級貴族の実態、高貴な女性たちの心の内、さらに女房たちから聞く男女のゴシップさえも、創作の糧になったはずです。

こうして女房生活の中で書き綴られていった物語は、以前にも増してよりきらびやかでリアリティ溢れ、なおかつ人間心理に迫る壮麗な王朝文学として発展していったのです。

宮中では女性たちをはじめ、男性貴族たちもこぞって紫式部の書く物語を読んでいた様子が、彼女の日記にも記されています。もともと文学好きの一条天皇も、続きを読むために彰子のサロンに足繁く通ってくるようになり、その結果、彰子は将来の天皇となる二人の男御子を産みます。天皇の外祖父として権力を握りたいという道長の野望はこうして達成され、摂関政治の中心となった一族は繁栄の道を辿るのです。

一方の紫式部もまた道長の支援を受け、女房として清濁併せ呑むような権力の中枢を至近距離で見ることができたからこそ、あれだけの壮大な物語を生み出せたのだと思います。

紫式部と道長、この時期二人は『源氏物語』をはさんでまさにウィンウィンの関係だったといえるでしょう。

清少納言『枕草子』は輝いていた後宮へのオマージュ

紫式部と清少納言の意外に多い共通点

「いずれの御時にか……（いつの御世のことでしたか……）」で始まる『源氏物語』は、紫式部が生きた時代より少し前の世を設定し、そこでの出来事が語られるという架空の物語です。その中で、登場人物たちの人生を彩り心を表すものとして、絵巻物のような色彩世界が展開するわけですが、実際、当時の貴族たちにとって色はどのような意味をもち、またどの程度重要なアイテムだったのでしょうか。

ここでは宮廷生活を描写したドキュメント的な読み物を通して、探ってみましょう。ひとつは清少納言の『枕草子』、もうひとつは紫式部が残した『紫式部日記』です。エッセイと日記という違いはありますが、どちらも平安貴族の生活を伝える記録的な要素が強い作品です。

紫式部と清少納言は平安中期というほぼ同時代を生きた女性たちで、興味深いことに二人には多くの共通点があります。年齢的には、清少納言のほうが七歳くらい年上ではないかといわれていますが、共に父方は代々名の知られた歌人を輩出した家柄。加えて漢籍に詳しいという点も共通しています。また父親は受領を務める中級貴族で、そのため地方での暮らしを経験したことが、それぞれの視野を広げたといえるでしょう。ですがもっとも重要なのは、二人が女房として一条天皇の後宮に出仕していたという事実。その経緯は既に述べましたが、清少納言は一条の最初の后である定子に、紫式部は二番目の后である彰子に仕え、共に女主人を支える知的ブレーンとして宮廷生活を送っていました。ただし、二人の務めていた時期はずれているので、直接顔を合わせたことはなかったようです。

そんな清少納言と紫式部ですが、彼女たちの目に宮中の生活や四季折々のイベントで触れる色彩は、どのように映り、どのように記録されていたのでしょうか。そして、そこから見えてくるそれぞれの感性や視点の違いとは……。

『枕草子』では、色彩についての表現が九七カ所

「すべて何も何も、紫なるものはめでたくこそあれ。花も、糸も、紙も……」という『枕草子』の有名な一節、学校で習った記憶があるのではないでしょうか。

当時、紫はもっとも高貴な色とされていたので、清少納言が「紫のものはなんだって素敵よね〜。花だって、糸だって、紙だってそうよ」と言い切っているのも当然なのですが、『枕草子』全体の特徴としては、優れた感受性とセンスをもつ彼女の視点が全面に出たエッセイだということです。

『枕草子』で綴られている内容には大きく三つの要素があります。

①さまざまな物や事柄に対して、自身の批評や見解を記した部分、②見聞きしたことや思うことを自由に綴った随筆的な内容、③女房として仕えた中宮定子の日常や周辺の出来事を描いた日記的なもの。これらの要素が入り交じり構成されているのですが、そのすべてにおいて、色彩について触れてある箇所がとても多いのです。これも『枕草子』のひとつの特徴といえるでしょう。

実際に私も『枕草子』の中で色彩について言及されている部分や、記されている文章を確認してみたのですが、数えた限りで九七カ所ありました。この中には、草木や風景など自然に関する色の描写は含まず、もっぱら衣装や文の色といった人の嗜好や

慣習によって用いられた色のみをカウントしています。『枕草子』はテーマごとの断章で区切られていて、私が資料とした本（『日本古典文学全集』小学館）では全部で三二八テーマあったので、そのうちの九七カ所はかなり多い、というか頻繁に色の描写が見られるといえます。

では『枕草紙』ではどのように色彩に言及されているか、①から順に少し例をあげてみましょう（以下、（　）内は『枕草子』の断章番号。続く現代語は筆者の意訳）。

「すさまじきもの　三、四月の紅梅の衣」（二二）
（紅梅重ねは、紅梅の花がほころんできた一月、二月に着用するものなのに、ほぼ散ってしまった三月、四月に着るのはまったく興ざめだわ）
「にげなきもの　下衆の、紅の袴着たる。このごろは、それのみぞあめる」（四三）
（身分の低い女が紅の袴を着けているのは似つかわしくないのに、最近はそういう人が多いのも困りものね）
「なまめかしきもの　柳の萌え出たるに、青き薄様に書きたる文つけたる」（八五）
（春、青々とした柳の萌え出ている枝に、緑色の薄い紙に書いた文を結びつけて送ってくるのは、すごく優雅！）

「指貫は　紫の濃き。萌黄。夏は二藍。いと暑きころ、夏虫の色したるも涼しげなり」（二六三）

（男性の袴は、紫の濃いのや萌黄色がいいわね。でも夏は青みの紫か、すごく暑い頃は薄緑なんかも涼し気でいいと思うわ）

このような感じで、清少納言自身が見聞きしたものや身辺の事柄に対して、あるものは褒めたたえ、あるものは徹底的にけなしというふうに、独自の審美眼で小気味いいほどのジャッジが加えられています。さながら千年前の鋭い女性評論家といった感じでしょうか。

男性の装いをチェック！　アイコンとしての衣装の色

②の随筆的な内容は、「春はあけぼの。やうやうしろくなりゆく〜」という有名な書き出しに見られるように、作者の感じたことや心に浮かんだことを自由に綴ったもの。三章で紹介した、暑い夏の昼下がりに、真っ赤な紙に綴られ赤い撫子の花に添えられた文が届いて、その熱量の高さに驚いたといった話、覚えていますか？　あのような色に関連したエピソードなどが含まれています。

そして③の中宮定子を中心とした宮廷生活が日記的に記されている文章、ここが色彩的には何といってもいちばん華やかです。その中から少し長くなりますがひとつだけ紹介します。

大納言殿、桜の直衣のすこしなよらかなるに、濃き紫の固紋《かたもん》の指貫、白き御衣ども、うへには濃き綾の、いとあざやかなるを出だして、まいりたまへるに（中略）御簾の内に、女房、桜の唐衣どもくつろかにぬぎ垂れ、藤、山吹など、いろいろこのましうて。（二一）

意訳すると、「定子中宮様の兄である大納言様が、桜重ねのしなやかな直衣の下に何枚かの白い着物を重ね、濃い紫の袴をはき、上には紅の鮮やかなのを出衣にして、おいでになりました。（中略）それを迎えた御簾の内側の女房たちは、桜重ねの唐衣（女性の装束の一番上に着る上着）をゆったりと着て、藤重ねや山吹重ねなどのさまざまな色合いの衣装の袖口などを感じ良く押し出して見せております」といったところでしょうか。

『枕草子』の中で目立つのが、男性の衣装の色についての言及が多いことです。「素晴らしい」だの「この場には合わない」だの厳しいチェックが入っていて、清少納言の目が男性に向けられがちで、彼らのセンスを衣装によって値踏みしていたことがうかがえます。

いずれにしても日記的な部分には、定子サロンの様子や、行事やイベントの際の光景などが書かれており、そのときに誰がどんな重ねの衣装を着ていたかということが細かに描写されています。各人の容姿や性格などについての言及は極めて少なく、衣装のコーディネートによって「いとをかし（とても良い）」とか「いみじうめでたし（たいへん立派だ）」など、人物評価につながるような批評がされていることが特徴ともいえます。

考えてみればこの時代、貴族たちそれぞれの存在を表すものといえば階層や役職が全てであって、今のように個人のアイデンティティを重要視する意識は希薄だったのかもしれません。だから〝その人らしさ〟を表す一つのアイコンとして、衣装の色があったのだと思います。

暗い面、不幸な出来事を書かなかった清少納言

目に見えるものの、五感でキャッチできるものに敏感に反応した清少納言に対し、紫式部は目に見えないものや心の内側をもすくい取ろうとした人。その正反対ともいえる二人の視点の違いが、平安文学の金字塔ともいえる二作品を生んだのだと思います。それぞれの性格の違いといってしまえばそれまでですが、ことはそう単純ではなく、清少納言はあえて人の内面や負の部分に触れることを避けたのではないかと感じます。

というのも、歴史の伝えるところでは清少納言が中宮定子のもとに女房として仕えるようになってしばらくの後、立て続けに不幸な出来事が起こっているのです。定子の父道隆が病死し、その翌年、権力の座を争っていた道長によって、兄の伊周《これちか》もある事件をきっかけに都から左遷させられてしまいます。さらに母も亡くなり、後見を失った定子は宮中での立場が悪くなるばかり。おまけに道長方の人間と誤解された清少納言も周囲から敵視され、実家に引きこもることに……。『枕草子』がいつ書かれたのか正確には分かっていませんが、大半はこの引きこもりの時期に綴られたのではないかといわれています。

その後、定子は一条天皇との間に御子を儲けますが、三人目の皇女出産の際に二四歳という若さで亡くなってしまいます。

清少納言は当然この間の出来事を近くで見聞きし、自身の身の上にも大きく影響したと思われますが、こうした事実について『枕草子』の中ではほとんど何も触れられていません。その点に関する疑問は多くの学者が指摘しているところでもありますが、おそらく清少納言にとっては言葉にできないほどの大きな衝撃であり、深い悲しみであったのではないでしょうか。

あの、若く賢く匂いこぼれるように美しかった定子さま、活気と華やぎと知的な会話に富んでいたサロン、一条天皇との仲睦まじい様子、日々集っていた公達や女房たちの美しい衣装と笑い声……。こうした後宮の様子を、胸に留めておきたかったのかもしれません。

そういう意味で『枕草子』は、輝かしかった定子サロンを知っておいてほしい、後の人にも伝えたいという作者自身の思いが込められたオマージュだったのだと思います。そこに暗い影は必要なかった。美しい残像だけがあればよかったのだと私は感じます。

日向よりも陰に目がいく『紫式部日記』の憂鬱

同僚の女房たちへの鋭い観察眼

紫式部とほぼ同時代のエッセイ『枕草子』を通して、『源氏物語』の中で描かれていた彩りの数々は、実際の宮廷生活に近いものだということを知っていただけたかと思います。

一方の『紫式部日記』もまた、作者自身の体験や心情を綴った唯一の記録で、女房として宮中に勤めていた間の一年半余りの出来事が記されたものです。六十項目にわたるこの日記の中で、色彩について描写されているのは二六例。少ないようにも感じられますが、『枕草子』に比べると文章量がかなり短いのと、いちばんの理由は、道長に依頼されて書いたといわれる「彰子の出産」の記録が日記全体の三分の二を占めていることです。当時、出産の際は不浄を払うという意味もあって、産婦や介添え人、お付きの女房たちも皆白を身に着け、産屋の設えもすべて白にするという慣習がありましたから、出産前後の様子はほぼ白一色です。

それ以外の記録で色彩について触れられているのは、大半が共に働く女房たちの衣装に関して。その中で一カ所だけ作者自身の装いについて書いているところがあるので、まずそこから紹介していきましょう。

一月中旬、誕生した親王の五十日の祝いに列席していたときのことです。「私は紅梅の重ね色目の上に萌黄色を重ね、その上に柳重ねの唐衣を着て、裳をつけていた（女房が正装の際に着る短い上着と背後にひく裂《きれ》）」とあり、正装している様子が記されています。これを読むと色の選択は赤系と黄緑の対比配色で、はっきりした組み合わせ。当時三六、七歳と思われる彼女は自分でも「少し派手で若い人向きかもね」とコメントしているところなど、微笑ましい感じがします。

もっとも華やかな正月の装いに関しても、身近な女房一人ひとりの衣装について詳しく書いていて、たとえば大納言の君という人は、元日は紅に葡萄染め、二日は紅梅や濃い紅に萌黄色、三日は桜重ねと蘇芳の織物を着ていると、細かく描写。このあたり、男性に目がいきがちだった清少納言との違いが歴然と感じられるところです。

さらに衣装の解説に続いて、各人の容貌についてもコメントしていて、先の大納言の君は「たいへん小柄で色が白く可愛らしい。ちょっと太っていて、髪は背丈より三寸ほど長く、生え際なども美しい。身振りも可憐で優しい」と描写されています。こうした女房評が何人にもわたって続いており、このあたり現代でも仕事場で「あの人、いつもブランド物のバッグを持ってるわよね〜」とか、「あの後輩、今日もさっさと帰って要領いいんだから」などと同僚の噂話に花を咲かせる女性たちと何ら変わりないのかもしれません。

しかし、色彩や容姿に関する個人評だけに終わらないのが紫式部という人。彼女は最後に人の内面や性格について触れ、「それぞれ個性があって、まったくダメな人もいなければ、すべて良いという人もいない。結局、各人各様」なのだと結んでいます。私などはここに、長所も短所も併せもっているのが人間なのよと、彼女の人間観が表れているように感じますが、いかがでしょうか。

「どうして私は、華やかな場に出るほど憂鬱になるのだろう」

人の内面やものごとの暗い面にあえて触れなかったのが清少納言だったと書きましたが、その真逆だったのが紫式部でした。彼女は、表層に見えるものではなくその奥にあるもの、日の当たる面ではなく陰の部分に目を向けないではいられなかった人のようです。それが端的に表れている歌を『紫式部日記』からご紹介しましょう。

水鳥を水の上とやよそに見む
　われも浮きたる世をすぐしつつ（寛弘五年十月）

彼女の内向的な傾向がよく表れていることで知られる歌で、内容は池でゆったりと泳いでいる水鳥を見て、「あの水鳥たちは楽しそうに泳いでいるように見えるけど、水の下では必死で足を動かしているに違いない。きっと苦しいのだろうと、わが身を重ねないではいられない」というもの。

もうひとつあげると、出産のために里下がりをしていた彰子のもとに、初めて我が子を見に来る一条天皇をお迎えするという晴れがましい日の出来事。秋のことで、紫苑重ねや菊重ねなど、まるで紅葉を混ぜ合わせたような色とりどりの装いでお迎えする女房たちの姿など、喜びに沸き立つ人々の様子が描かれている中、天皇の御輿《みこし》の一行が到着します。迎える人々は緊張とともに、たいそう立派な御輿に目を奪われている様子ですが、紫式部の眼中にあるのはそこではありません。彼女はその御輿を担いでいる下級の者たちの苦し気な様子につい目がいってしまうのです。その苦しさは、身分制度というヒエラルキーの中に身を置いている私だって同じことなのだ、と。

こうした内的傾向は、紫式部自身じゅうぶんに自覚していて、「どうして私は人一倍もの思いが過ぎるのだろう。宮中で華やかな場に出たり、面白いことを見たり聞いたりするほどに、憂鬱な気分が増してきて、もう出家してしまいたいとさえ思う」というような独白めいた内容を記しています。彼女の、つねに抱えていただろうこうした苦しみは、もしかしたら今でいう鬱《うつ》的なものかもしれませんし、生来の心的傾向かもしれません。

どちらにしても、物事の表層ではなく深層に、人の表の顔ではなく内面に目が向いてしまう紫式部の資質は、周囲の、特に女性たちに対する共感能力にもつながったでしょうし、同時に距離をもって見る眼も養われていたに違いありません。そして、身分制度の枠内で生きる貴族たちの本音、その喘ぎやため息をも敏感に感じ取っていたのではないでしょうか。

『源氏物語』は、こうした作者の複眼的な視点があって初めて書けた心理小説なのだと思います。清少納言のようにシャープで小気味良いエッセイではなく、複雑かつ迷路のような物語だけれど、それだけに多くの人が魅了され読み継がれてきたのです。

私なども表面の色彩の、その奥に託された意図や意味を知りたくて、『源氏物語』というラビリンスを辿り続けているのです。でも、もうそろそろ一旦出口に向かわないと、このまま迷子になってしまいそう。というわけで、最後に紫式部はこの物語を通して何を描きたかったのか、再び色を通して探ってみましょう。

「宇治十帖」で示された女性たちの新たな選択

そして、物語は「宇治十帖」へと続く

平安時代は日本の文学史上まれにみる数の女性作家が誕生した時代といわれています。なぜ、平安時代に〝ものを書きたい女性〟が多く出現したのでしょうか。

理由のひとつは、女性を中心に仮名文字が使われるようになったということでしょう。公的な文書で使用されるのはもっぱら漢字であり、漢詩や漢文は男性のたしなみ。でもそのゴツゴツとした固い感じの文字は、私的な気持ちを表したり、自然の移ろいを描写するには適しているとはいえません。それで次第に繊細な情感を詠う和歌などは仮名文字で書かれるようになりました。

当時、和歌は貴族文化の根幹を成すものであり、必須の教養であると同時に心を伝えるコミュニケーション手段。そうして日常的に和歌に親しんでいた女性たちが、

三十一文字に収まりきれない思いや出来事を、「もっと書きたい！」「もっと知ってほしい」と綴り始めたのが、女性の手による日記や随筆や物語ではなかったでしょうか。

そうした時代背景の中で生まれた『源氏物語』ですが、では、作者・紫式部はこの長編小説を通していったい何を描きたかったのでしょうか。これまでも、この壮大な物語に魅せられた古今東西の研究者や文学者、作家や心理学者によって、多様な読み解きがされてきましたが、色彩表現に着目し物語を追っていくと何が見えてくるのでしょうか。

それを考えるためには、やはり「宇治十帖」に触れないわけにはいきません。『源氏物語』というと、たいていの人は光源氏が没する四一帖の「幻」の巻までを思い描き、約十年後の子や孫の世代を描いた「宇治十帖」と呼ばれる〝続編〟の部分にはあまり光が当たりません。その理由のひとつとしては、光源氏のような圧倒的な存在感とカリスマ性をもった登場人物がいないからでしょう。

「宇治十帖」の冒頭に作者自身が「光隠れたまひにし後、かの御影にたちつぎたまふべき人、そこらの御末々にありがたかりけり（光源氏さまがお亡くなりになった後、あの輝くようなお姿を受け継ぐような方は子や孫にもおられませんでした）」――と書いているように、物語に〝華〟がない。また一人の男を巡るさまざまな女性たちの恋物語という構図の分かりやすさや、各女性の特徴や個性の書き分けといった工夫が見えにくいといった点も挙げられるでしょう。

私自身、「宇治十帖」を最初に読んだときは、なんだかあまりピンときませんでした。でも、何年か後に再びページを開き、今度は色に焦点を当てて読むことで、また別の見え方、感じ方ができるようになったのです。

「男と関わるな」と諭す父の言葉

「宇治十帖」は、さまざまな場で複数の男女が関わり合い、蛇行するように複雑なストーリーが進んでいきます。少し長くなりますが、細かいところは省略して主な流れだけを追っていくと……。

物語の軸となるのは、薫（女三宮と光源氏の間の息子だが、本当の父は柏木）と匂宮《におうのみや》（明石中宮が生んだ第三皇子で源氏の孫にあたる）という二人の貴公子。薫は真面目な性格ですが、自らの出生の秘密に薄々気づいていて複雑な心理を抱えている一方、将来の出世を見据えるような現実的な面も持ち合わせている男性。匂宮は女性とみればアプローチせずにはおれない、恋愛体質のお坊ちゃんという設定です。

その男性たちと深く関わるのが、大君《おおいきみ》と浮舟《うきふね》という、「宇治十帖」のキーパーソンともいえる二人の女性たち。それぞれにまったく正反対のキャラクターが与えられ、色彩的にも違いが顕著に描写されています。

まず大君は、八の宮と呼ばれる父親と妹・中の君とともに、宇治の山荘で暮らしています。八の宮は桐壺帝の第八皇子で光源氏の異母弟にあたる人ですが、宮廷の政治闘争に背を向け零落の身で宇治に移り住んだ人。妻は出産の際に亡くなり、出家を望みつつも幼い二人の娘を父の手で育ててきました。『源氏物語』の中ではここで初めて、〝男の子育て〟が描かれていて注目に値するのですが、この設定は紫式部自身の生い立ちと重なるところがありそうです。

そんな、「俗聖《ぞくひじり》」と呼ばれるほど求道心厚い八の宮の噂を聞いて、〝自分探し〟をしていた薫が熱心に通うようになり、物語は動きだします。ある夜、薫が姉妹の部屋を覗き見て、美しい大君に強く惹かれるようになるのです。このとき、大君二四歳、中の君二二歳。未だ独身でいるのは、父親が二人の結婚に消極的だからです。宮廷での、しょせん男のなぐさみ者でしかない女性たちの苦しむ姿を見聞きしてきた父・八の宮は、娘たちに「男の軽々しい口車に乗って、家の面目を汚すような振る舞いはしないよう」言い聞かせてきました。「確実な拠り所もない（正妻にもなれない）のに、この山里から出るような真似はせず一生をここで暮らすつもりでいなさい」と。これは、光源氏の物語では、男社会、階級社会の理不尽を知る母親や祖母たちが娘に言うセリフでしたが、ここでは父親に言わせている点もまた興味深いところです。

その言葉を信じて生きて来た娘たちをあとに残し、出家のために山に入った八の宮は、真面目で信頼に足る薫に行く末を頼んで、その後亡くなってしまいます。

二人の男の間で翻弄される女性が選んだ結末

誠実な薫は、その後も宇治に通い何くれとなく姉妹の面倒をみますが、大君への恋心は抑えがたく何度も言い寄ってはその度に拒絶にあい、思いをとげることができません。大君は知っているのです、身分違いの薫と結ばれても決して先々幸福にはなれないことを。父の言っていたことが正しいことを。だがら、薫の女にはならない。妻であれ、囲い者であれ、男に我が身を預けるような生き方はしないという意志を貫いています。でも、心のどこかでは薫に惹かれてもいる……。この矛盾を抱えたまま大君は苦悩し、やがて寝ついて衰弱死してしまいます。

ここまでが、「宇治十帖」の前半部分で、後半のヒロインは浮舟に移ります。

浮舟は、じつは八の宮と仕えていた女房、中将の君との間にできた娘ですが、八の宮は父親として面倒を見る気はなく二人は追い出されてしまいます。中将の君はほどなくして再婚しますが、浮舟にはそこでの居場所がないという不遇な身の上。一方、大君を忘れることができない薫は、あるとき浮舟を見て、亡き大君に生き写しなのに驚き、今度は絶対に自分のものにしたいと思います。それで彼女をさらうようにして宇治の別邸にかくまうのですが、以前から浮舟に関心を持っていた匂宮も浮舟のもとを訪れ強引に関係をもってしまうのです。

こうして二人の男性の間で翻弄され、苦しむ浮舟ですが、どちらも本当に彼女のことを愛しているわけではありません。薫は、大君の身代わりとして執着しているにすぎず、匂宮にとっては情熱を掻き立てられるアバンチュールのひとつです。それに彼らは既に二人とも高い身分に見合った正妻を娶っていて、身分違いの浮舟を〝頼りなげな可愛い女〟とは思っていても、まともな立場を与え迎え入れる気などありません。それでも競争のようにして彼女を奪い合う二人の間で揺れ動き、どちらも選べないまま、追い詰められていく浮舟はとうとう宇治川に身を投げてしまいます。しかし、僧《そう》都《ず》に発見され、回復した後、自ら頼み込んで出家を果たすのでした。

本章に登場する「宇治十帖」の主な人物と関係

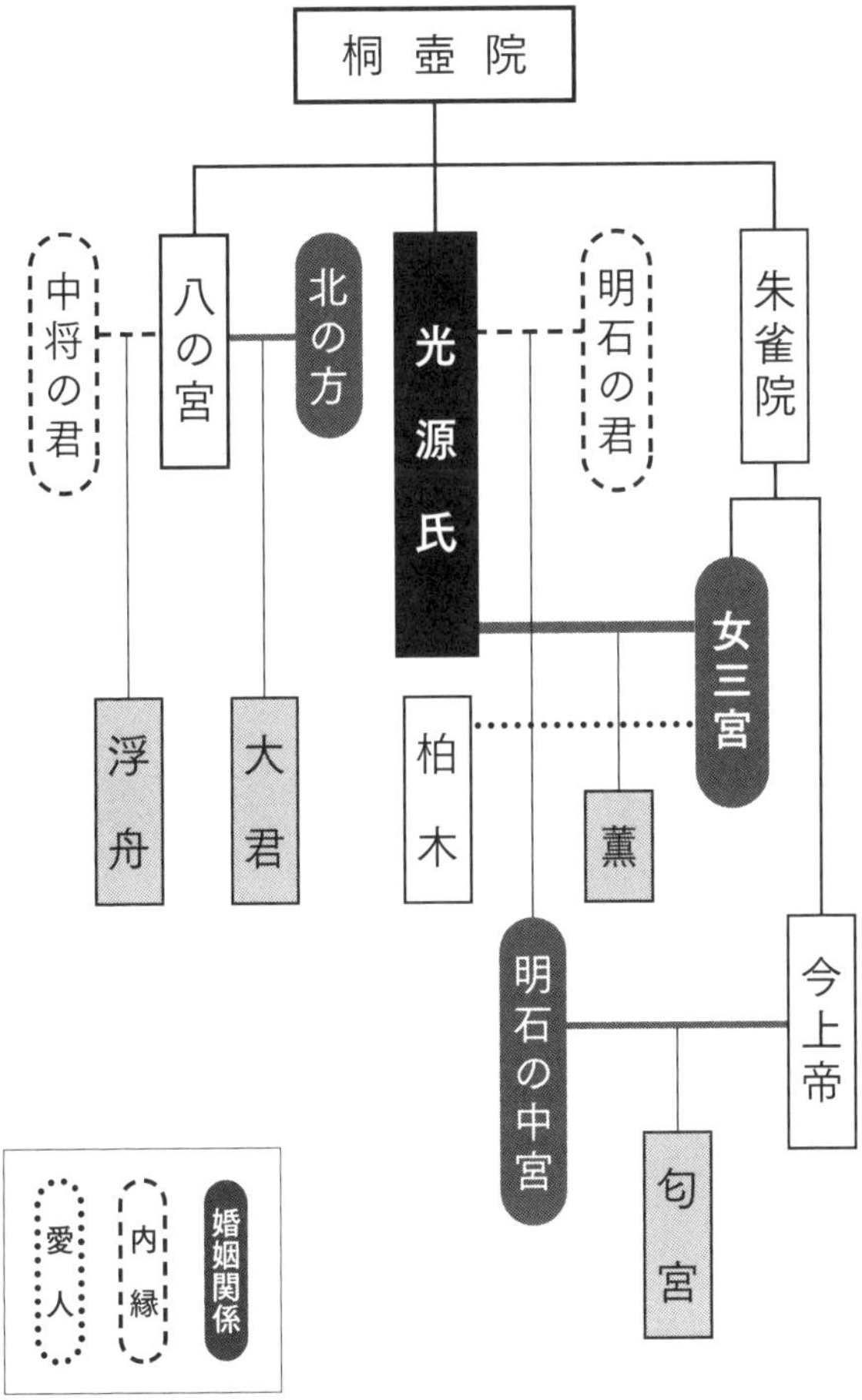

色彩に託された紫式部のメッセージ

対照的な大君と浮舟の色の対比が意味するもの

ここまでが、「宇治十帖」のアウトラインです。

物語の主な舞台は、都から山々に隔てられ訪れる人もめったにないような宇治の地なので、宮廷生活で描写されたような衣装の華麗さはそれほど描かれていません。また女君たちの装いも季節や場面にあった重ねは着ていても、光源氏の時代ほどそれぞれの個性が際立っていないので、シンボルカラーというほどの描き分けを見出すのは難しそうです。

ただ、ここで私が着目したのは、大君と浮舟の衣装の色数の対比です。

大君の衣装の描写は四例。父・八の宮が亡くなった後、喪に服して濃い鈍《にび》色の重ねを身に着けている場面が二例、そして次に病床での姿が二例、白で描かれています。

上記、四例と書きましたが、色数からすると白から黒に近いグレイまでのモノトーン一色。〝白か黒か〟という言葉があるように、作者が大君に与えた色は明解です。そこには自分の思いを貫き薫にＮＯを言い続けた女性の意志の強さ、きっぱりした選択が迷いのない色で象徴されているように感じられます。

それと対照的なのが、浮舟の色です。彼女の衣装が描かれている箇所は、なんと八例。これは『源氏物語』全編を通して見ても異例の多さといえます。浮舟が登場するのは、長い物語の終盤にすぎないというのに、なぜこれ程の色数が描写されているのでしょうか？

一部を簡単に紹介してみると……薫との出会いのときは、紅に撫子の細長、若苗色の小袿。匂宮との最初の接触の場面は、紫苑重ねに女郎花の織物。その後、ストーリーが進むにつれて紫に紅梅の織物、白き綾の重ねと紅の袴、檜皮《ひわだ》色の袴、鈍色……と続きます。

この色の変遷は、なにを意味しているのでしょうか。私はこれを、浮舟の思い定まらない心の変遷と解釈しました。幼い頃から自分の居場所がなく、長じてからは薫と匂宮の間で翻弄され、自分の心の軸を見つけることができなかった浮舟。その名前のとおり、波間に漂い行方定まらぬ小舟のように、運命の成り行きに身を任せるしかなかった彼女の惑いのプロセスが、さまざまな色の変遷として描かれているのではないか、と。

男の所有物にはならないヒロインたち

モノトーン一色の大君と、多色の浮舟。紫式部が描いた「宇治十帖」の二人の色の対比は、見事という他ありません。

一方、共通している点も見出せます。それは、二人とも当時の女性のスタンダードとされていた、妻や囲い者や愛人、つまり男の所有物としての人生を選ばなかったという点です。

光源氏の世では、彼を巡る女性たちが既存の枠の中でしか存在しえなかったのに対して、ここでは別の生き方の選択を示した作者の明らかな意図があるように感じられます。

「宇治十帖」の最後は、浮舟が生きていたことを知った薫から「もう一度会って話したい」というような内容の手紙が届くのですが、それに対し浮舟は「昔のことは覚えていない」と返事も書かず突き返し、その対応に戸惑う薫……という描写で終わります。何とも唐突な幕切れで、「えっ！　これで終わりなの？？？」と思わなくもないのですが（この続きがあったという説もあり）、「あとは、自分でお考えあそばせ」という作者の声が聞こえてきそうな気がしないでもありません。

そうであるならば私なりに、この長い物語を通して紫式部が描きたかったテーマを改めて考えてみると、「女の幸せってなに？」という問いではなかったかと思います。

幸福を問い続ける女性たちと悩まない男たち

この時代の女性たちは身分の上下に関わらず、天皇を頂点とする階級社会や家父長制度の下で、選択や行動の自由をほぼ奪われ、美しい衣で身を飾って、季節の移ろいや趣味に喜びを見出すしかありませんでした。恋に身を焦がしても、やがて間遠くなった男の訪れを待つようになり、他の女性へと気持ちが移って捨てられることもあったでしょう。

そんな受け身の人生の中で、『源氏物語』の女性たちは愛の歓びを知ると同時に思い悩み、苦しみ、模索するのです。もっとも幸福だと思われていたあの紫の上さえも、病に伏していた物語の最後、「女ほど窮屈で痛ましいものはない」と心の内で本音をつぶやきます。「何事もあずかり知らないとおとなしく引きこもっているのなら、何によって生きる喜びを味わったり、無常な世の中の所在なさを慰められたりすることができるのか」と、胸の内を吐露しているのです。

こうしたことに着目するのは、私が同性の目で見ているからかもしれませんが、でも明らかに『源氏物語』の男たちは誰も悩みません。自己憐憫や怒りや孤独はあっても、自分たちが置かれている社会の構造や男女関係のあり方を疑うことはなく、その中で少しでも高みに上がろうとするだけです。でも、時代や社会の中で与えられてきた価値観に違和感や疑問をもつことで初めて、自分にとって「真の幸福とは何か」を問うようになるのではないでしょうか。少なくともこの物語の中の女性たちは、そして紫式部自身はそれを探ろうとしているのだと思います。「私はどうしたらこの世で幸せになれるのか」と。

そこにはもちろん答えなど示されていません。物語の最後の色は、出家を果たした浮舟の鈍色の衣、つまりグレイで終わりますが、世を捨てたからといって救われるかどうかは分かりません。白でも黒でもなく、鮮やかな彩りもない茫漠とした霧のようなグレイゾーン。そこに何を見出すかは、紫式部から読者への千年の時代を超えた問いかけではないでしょうか。

あとがき

長い時間をかけて『源氏物語』を読み終えた方たちが名残惜しそうに漏らされるのは、それが「至福の時間だった」という感想です。色彩を軸にこの物語世界に入り込み、どうにかまとめ終えた今、私にとっても同様にこの間は「至福の時間だった」と思わずにはいられません。それだけ、遠い昔に紫式部という女性が放ったこの物語は強い磁力に満ち、千年の時空を軽々と超えさせてくれるのです。女君たちの悩みを隣で聞いているような気持ちになり、権力を巡る男性たちの闘争と失脚劇を目の当たりにし、物事の暗い面に目がいくという紫式部の深いため息まで聞こえてくるようでした。これは今の私たちとそう違わない、私たちの物語でもあるのだと。

もちろん千年前の架空の物語ではありますが、幸いにも他国の侵略を受けなかった日本には、古の文化が数多く残り今に受け継がれてきました。日本の伝統色の歴史を振り返ると、色彩文化がもっとも成熟を見たのが、大きな戦がなく比較的平和だった平安と江戸の両時代です。しかし江戸はともかく、残念ながら平安時代の彩りをじかに確認できるような実物はほとんど残っていません。

それに代わるドキュメントというべきものが、女性たちの手による日記や随筆や物語でした。中でも『源氏物語』は、色彩溢れる貴族の暮らしや重ね色目の詳細がわかる一級の資料といえます。

平安文学の専門家でも歴史学者でもない私は、この物語を読み解く上でも先人たちによる多くの資料や書籍に助けられてきました。そして何より、私にかけがえのない経験と知識を与えてくださったのは、じかに教えを請うた先生方です。

本文でも紹介していますが、日本の伝統色の研究者で平安の色を再現していらっしゃる染色家の吉岡幸雄先生には、日本の染織の歴史を教授いただくとともに、京都の工房では平安時代の植物を使っての染色を指導していただきました。これにより、私の中で『源氏物語』の色が実体をもってイメージできるようになったのです。

私が『源氏物語』に目を開くきっかけとなった潮崎晴先生と出会ったのは、四十年近く前になりますか。紫式部は意図してシンボルカラーを設定しているのではないかと、最初に仮説を立てられていたのもこの先生です。主婦業の傍ら何十年にも渡り原文で『源氏物語』を読み込んでこられたその考察の深さや熱量たるや驚くべきもので、私もずいぶん刺激を受けました。

もう一人忘れられないのが、作家であり、平安装束の研究者でもある近藤富枝先生です。その歯切れの良い物言いはどちらかというと江戸の粋を思わせる方でしたが、平安の雅な文化にも精通し、平安装束の着付けを見せていただくなど、得難い体験をさせてもらいました。

他にも、多くを教授してくださった先生方は、いわゆる学者ではありません。いってみれば在野の研究者であり物書きです。でもだからこそ、広い視野と自由な心で自分の興味を追求する姿勢を示してもらったと感じています。ただ残念ながら、ここにご紹介した先生方は、既に鬼籍に入られてしまわれました。

そんなこともあり私は、自分が与えてもらったことを、得られた体験を、私の中だけで終わらせて良いものか、この数年、ずっと考えあぐねてきました。〝日本の色〟という美しいギフトを受け取った者として、自分なりに発展させ、次の誰かに手渡さなくて良いのか……。まるで先人たちからの〝宿題〟のような私の中のそうした思いが、この本を書いた動機でもあります。千年の間、手から手へと渡され読み継がれてきた『源氏物語』を引き合いに出すのはおこがましいのですが、伝えていくこと、残すことの大切さを信じて。

墨と顔彩を使った和の作品を得意とするイラストレーターの村西恵津さんには、『源氏物語』のヒロインたちを重ね色目のイメージで表現してもらい、本書に美しい彩りを添えていただきました。また、言葉だけでは伝えきれなかった平安の色を素敵にデザインしてくださったalbireoのお二人にも感謝します。

担当編集者の足立恵美さんには、平安の色を再現した布を見てもらい、その鮮やかさに感動してもらったことから企画がスタートしました。この感覚の共有と内容に関する的確なアドバイスに助けられたと思います。

そして色彩心理の研究者であり「色彩学校」という講座をともに運営する末永蒼生からは、人間心理と色彩の関わりについて多くを教わりました。世界各地に残る色彩文化のフィールドワークを共にしたことで、視野が広がると同時に、日本のみならず各文化の独自性とその大切さに気づかされました。そのことが本書をひとりよがりに陥ることなく、自分の視点で捉え書くことにつながったと感謝しています。

最後に、『源氏物語』がこのあとの千年後も読み継がれることを願いつつ。

江崎泰子

参考文献

中野幸一校注・訳『紫式部日記――新編 日本古典文学全集26』小学館、一九九四年
阿部秋生・秋山虔・今井源衛・鈴木日出男校注・訳『源氏物語①〜⑥――新編 日本古典文学全集20〜25』小学館、一九九八年
南波浩校注『紫式部集』岩波文庫、一九七三年
松尾聰・永井和子校注・訳『枕草子――新編 日本古典文学全集18』小学館、一九九七年
谷崎潤一郎訳『新々訳 源氏物語 第一〜五巻及び別巻』中央公論社、一九六六年
与謝野晶子訳『全訳 源氏物語 上中下巻』角川文庫、一九九五年
与謝野晶子訳『与謝野晶子の「新訳源氏物語」――ひかる源氏編、薫・浮舟編』角川書店、二〇〇一年
円地文子訳『源氏物語 巻一〜五』新潮文庫、一九八〇年
今泉忠義訳『源氏物語全現代語訳 一〜二十』講談社学術文庫、一九七八年
瀬戸内寂聴『すらすら読める源氏物語(上中下巻)』講談社文庫、二〇一三年
橋本治『窯変 源氏物語 一〜十四』中央公論社、一九九一‐九三年
橋本治『源氏供養 上下巻』中央公論社、一九九三‐九四年
駒尺喜美『紫式部のメッセージ』朝日選書、一九九一年
近藤富枝『きもので読む源氏物語』河出書房新社、二〇一〇年
近藤富枝『服装から見た源氏物語』朝日文庫、一九八七年
近藤富枝『紫式部の恋』講談社、一九九二年
潮崎晴『匂ひがさね幻想――わが愛の源氏物語』関西書院、一九九〇年
潮崎晴『光源氏を魅了した女の条件』和泉書院、一九九四年
河合隼雄『紫マンダラ――源氏物語の構図』小学館、二〇〇〇年
河合隼雄『源氏物語と日本人――紫マンダラ』岩波現代文庫、二〇一六年

清水好子『源氏物語五十四帖』平凡社、一九八二年
杉本苑子『散華――紫式部の生涯 上下巻』中央公論社、一九九一年
高田倭男『服装の歴史』中央公論新社、一九九五年
尾崎左永子『源氏の恋文』求龍堂、一九八四年
尾崎左永子『源氏の薫り』朝日選書、一九九二年
山本淳子『源氏物語の時代――一条天皇と后たちのものがたり』朝日選書、二〇〇七年
山本淳子『枕草子のたくらみ――「春はあけぼの」に秘められた思い』朝日選書、二〇一七年
山本淳子『紫式部ひとり語り』角川ソフィア文庫、二〇二〇年
山本淳子『平安人の心で「源氏物語」を読む』朝日新聞出版、二〇一四年
工藤重矩『源氏物語の結婚――平安朝の婚姻制度と恋愛譚』中公新書、二〇一二年
服藤早苗『「源氏物語」の時代を生きた女性たち』日本放送出版協会、二〇〇〇年
福家俊幸『紫式部 女房たちの宮廷生活』平凡社新書、二〇二三年
繁田信一『『源氏物語』のリアル――紫式部を取り巻く貴族たちの実像』PHP新書、二〇二三年
木村朗子『平安貴族サバイバル』笠間書院、二〇二二年
倉本一宏『紫式部と藤原道長』講談社現代新書、二〇二三年
丸山裕美子『清少納言と紫式部――和漢混淆の時代の宮の女房』山川出版社、二〇一五年
『源氏物語絵巻　新版・徳川美術館蔵品抄2』徳川美術館、一九九五年
吉岡常雄・清水好子監修『源氏物語の色』(『別冊太陽』日本のこころ60)平凡社、一九八七年
鈴木日出男監修『王朝の雅――源氏物語の世界』(『別冊太陽』日本のこころ140)平凡社、二〇〇六年
『源氏物語――天皇になれなかった皇子のものがたり』(『芸術新潮』二〇〇八年二月号)新潮社、二〇〇八年
長崎盛輝『日本の傳統色彩』京都書院、一九八八年
長崎盛輝『かさねの色目――平安の美裳』京都書院、一九八八年
吉岡幸雄『「源氏物語」の色辞典』紫紅社、二〇〇八年

吉岡幸雄『日本の色辞典』紫紅社、二〇〇〇年
吉岡幸雄『色の歴史手帖――日本の伝統色十二カ月』PHP研究所、一九九五年
末永蒼生『事典 色彩自由自在』晶文社出版、一九九四年
末永蒼生、写真・内藤忠行『色はことのは――Feel the colors』幻冬舎、二〇〇三年
末永蒼生・江崎泰子編『色彩学校へようこそ』晶文社、一九九三年

江崎泰子　えざき・やすこ

長年、編集者として雑誌や単行本の企画・制作に携わった後、一九八八年、末永蒼生とともに(株)ハート&カラーを設立。色彩心理とアートセラピーの専門講座「色彩学校」の運営や講師を行うかたわら、色彩関係の出版企画、カラーデザインの仕事なども手がける。色彩の中でもとくに日本の伝統色に関心が高く、着物や歌舞伎、浮世絵などの日本文化を色彩を通して研究。平安の色に関しては、染織家・吉岡幸雄、装束研究家で作家・近藤富枝、『源氏物語』研究家・潮崎晴らに師事。『源氏物語』から江戸の流行色まで、色彩心理の視点も交え、その魅力を伝えている。末永との共著に『色彩学校へようこそ』(晶文社)、『色彩記憶——色をめぐる心の旅』(PHP研究所)、『色から読みとく絵画——画家たちのアートセラピー』(亜紀書房)などがある。

デザイン—アルビレオ
DTP—山口良二
和紙ちぎり絵・イラスト—村西恵津

色彩《しきさい》から読《よ》み解《と》く「源氏物語《げんじものがたり》」

二〇二四年六月三〇日　第一版第一刷発行

著者　江崎泰子
発行者　株式会社亜紀書房
〒一〇一-〇〇五一　東京都千代田区神田神保町一-三二
電話〇三-五二八〇-〇二六一
振替〇〇一〇〇-九-一四四〇三七
https://www.akishobo.com
印刷・製本　株式会社トライ
https://www.try-sky.com

Printed in Japan
ISBN978-4-7505-1844-2　C0070